# 光海軍工廠の日記

## ―岩脇テルの恋と戦争―


監修

**橋本紀夫**

Hashimoto Norio

編著

**堀 雅昭**

Hori Masaakii

UBE出版

HIKARI KAIGUN KOSHO NO NIKKI

# 光海軍工廠の日記

## ―岩脇テルの恋と戦争―

# はじめに

―母・テルの日記について―

監修・橋本 紀夫

装丁　UBE出版

扉　空襲後の光海軍工廠の本部庁舎（光市文化センター蔵）

扉裏　岩脇テルの日記外観（橋本紀夫氏蔵）

母・岩脇テルが光海軍工廠で勤労奉仕をしていたのを知ったのは、亡くなる半年ほど前でした。

令和二（二〇二〇）年八月十五日に実家を訪ねたとき、テレビで終戦記念ニュースの放送中に、母がポツリと「もう一日、早く戦争が終わっていたらねぇ」と言って、昭和二十年八月十四日の昼食直前に、低空で向かって来る米軍機B-29が真上に来る状況と、空襲の様子を話をはじめたのです。「その時の光景は死ぬまで決して忘れることはない」と言ってました。

そして当時、母が日記を書いていたのを知ることになりました。それまで軍事工場で働いていたことも知りませんでした。

日記には空襲当日のことも書いてあり、終戦後の八月二十八日に佐山（山口市）の実家に帰郷後もつづき、十二月三十一日で終わってました。最後の日に登場する「お母さん」が、翌年（昭和二十一年）二月に結婚した田中秀夫の母シモです。母テルの青春が詰まった日記は、文字が消えるのを危惧したのか、鉛筆書きの上をペンでなぞってありました。

母は令和三年三月二十三日に息を引き取りました。

日記を後世に伝えようとしていることを悟った私は、内容を何度も尋ねながら翻刻を始めました。子供の頃に、遠い光駅前の海水浴場（虹ケ浜）まで連れていかれた理由も、そこが母の想い出の地であったからだったと、知ることができました。

母の日記は『中国新聞』（記者・山本真帆）が令和三年八月十二、十三、十四日の連載「空襲の記憶　光海軍工廠　歴史継承へ」で報じて戴けました。ＮＨＫ山口（記者・田村律子）でも、令和四年八月十五日ＮＨＫニュース〈おはようちゅうごく〉で「母の記録を後世に残したい」で報じられ、令和五年八月三日と令和六年七月三十一日にも「シリーズ戦跡③　海軍工しょう勤務の女性の日記」で紹介して戴けました。私も母が亡くなった年内にと思い、私家版で令和三年十二月に冊子にしましたが、戦後八〇年の節目に、原文に忠実な翻刻日記として解説もつけて、正式に出版することに決めました。

私が翻刻と監修を行い、ＵＢＥ出版代表で作家の堀雅昭さんに編集と解説をお願いしました。お役にたてれば幸いです。

令和七年三月三日（亡き母の誕生日に）

# 目次

第3章　橋本紀夫さんに聞く

空襲後の光海軍工廠（光市文化センター蔵）

## 第一期本部青年隊集合練成隊員名簿〔女子ノ部〕（三四名）

| 區別 | 氏名 | 所屬部 | 工場名 | 本籍地 |
|---|---|---|---|---|
| 小隊長 | 飯塚花子 | 總務部 | 電氣工場 | 島根縣簸川郡大社町 |
| 班長 | 井生スミヱ | 〃 | 庶務係 | 山口縣熊毛郡勝間村大河内 |
| 〃 | 藤井マキ子 | 會計部 | 材料課 | 山口縣玖珂郡米川村檜余地 |
| 隊員 | 岡キクノ | 〃 | 計算課 | 山口縣萩市大字椿東五六五一番地 |
| 〃 | 池本カヤ子 | 〃 | 給興課 | 山口縣玖珂郡間宇町大字中倉一四六九 |
| 〃 | 中元須美江 | 水雷部 | 作業係 | 岡山縣津山市宮脇町 |
| 〃 | 長尾澈子 | 〃 | 〃 | 山口縣光市室積町二九八 |
| 〃 | 重岡アツヱ | 〃 | 〃 | 山口縣玖珂郡米川村檜余地 |
| 〃 | 渡部キワ | 〃 | 設計係 | 島根縣出雲市今市幸町 |
| 〃 | 小坂初子 | 〃 | 鍛錬工場 | 岡山縣小田郡矢掛町 |
| 〃 | 砂本治子 | 〃 | 銅工工場 | 島根縣穩地郡都萬村 |
| 〃 | 市川春美 | 〃 | 器具工場 | 高知縣高岡郡窪川町寺野 |
| 〃 | 舛田幸子 | 〃 | 氣室工場 | 山口縣大島郡蒲野村三蒲 |
| 〃 | 波多野靜代 | 〃 | 精密工場 | 山口縣阿武郡出雲村 |
| 〃 | 佐々木靜枝 | 〃 | 主機工場 | 山口縣大島郡安下庄町 |
| 〃 | 鈴木房枝 | 〃 | 調整工場 | 山口縣美彌郡大嶺町平原 |
| 〃 | 岡田俊子 | 〃 | 組立工場 | 高知縣幡多郡清水町西榮町 |
| 〃 | 岩脇テル | 〃 | 主機工場 | 山口縣山口市大字佐山區字河内神 |
| 〃 | 瀧澤藤枝 | 砲熕部 | 作業係 | 山口縣吉敷郡鑄錢司村 |
| 〃 | 森元マツ代 | 〃 | 彈丸工場 | 山口縣大島郡沖浦村戸田 |
| 〃 | 平本清子 | 〃 | 檢査係 | 山口縣大島郡油田村伊保田 |
| 〃 | 向井笑子 | 〃 | 精密工場 | 香川縣高松市旅籠町 |
| 〃 | 藏富士千江 | 〃 | 設計係 | 山口縣阿知須町井關 |
| 〃 | 上田愛子 | 〃 | 薬莢工場 | 山口縣玖珂郡坂上村字佐坂 |

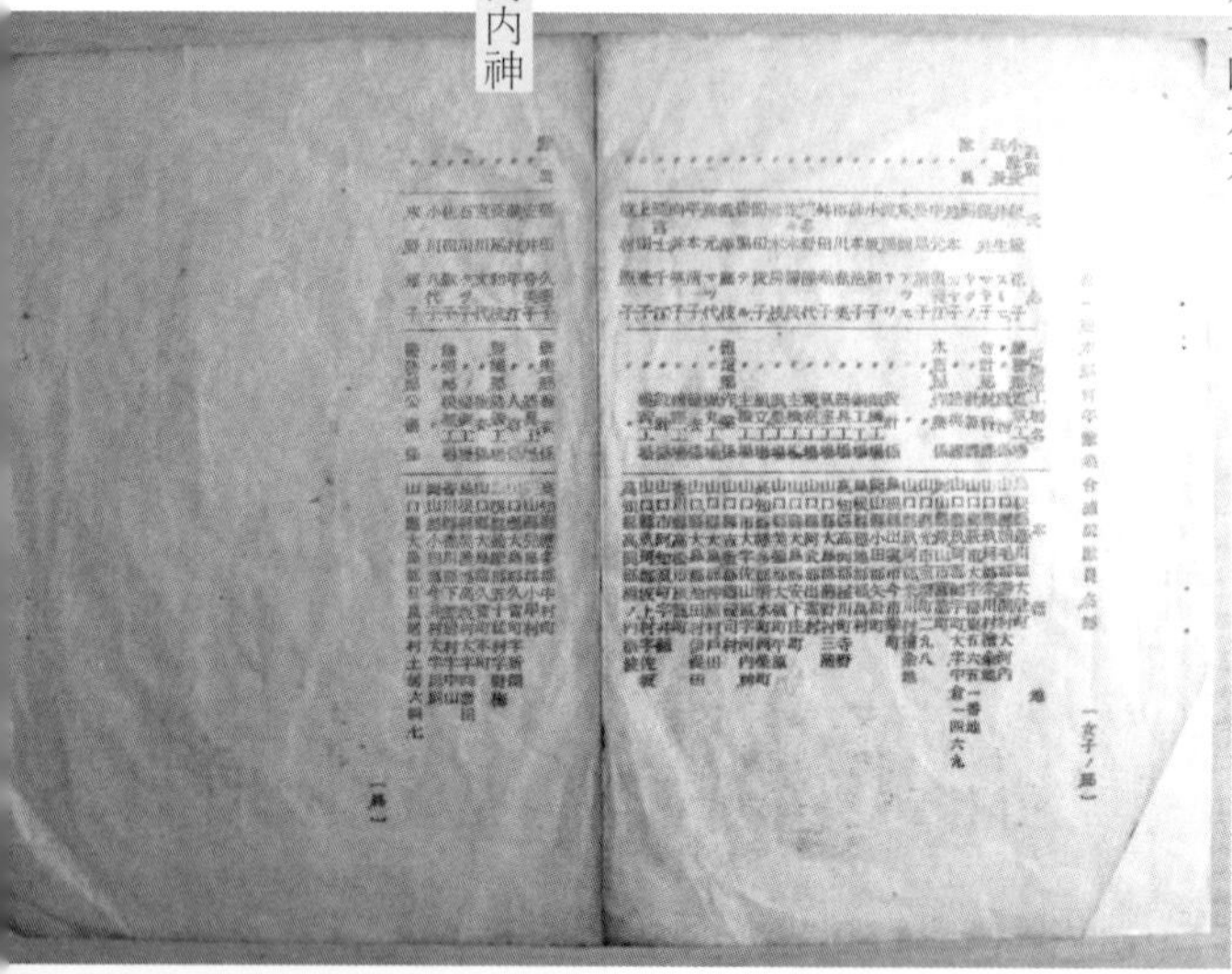

第一期本部青年隊集合練成隊員名簿〔女子ノ部〕（原本・橋本紀夫蔵）

| 區別 | 氏名 | 所屬部工場名 | 本籍地 |
|---|---|---|---|
| 〃 | 植村照子 | 〃 〃 | 高知縣 高岡郡浦ノ内横波 |
| 〃 | 篠田久壽子 | 造機部 檢査係 | 高知縣 幡多郡中村町 |
| 〃 | 安井登美子 | 〃 器具工場 | 岡山縣 兒島郡小串村 |
| 〃 | 藤村年江 | 〃 人事係 | 山口縣 大島郡久賀町字新開 |
| 〃 | 長尾和枝 | 製鋼部 熱錬工場 | 島根縣 通摩郡五十猛村字野梅 |
| 〃 | 宮川文代 | 〃 檢査係 | 山口縣 大島郡久賀町本町 |
| 〃 | 石川タツ子 | 〃 鑄造工場 | 島根縣 美濃郡高坂村大字向横田 |
| 〃 | 住田歌子 | 爆彈部 機械工場 | 香川縣 香川郡下笠居村字中山 |
| 〃 | 小川八代子 | 爆彈部 機械工場 | 岡山縣 小田郡今井村大字馬飼 |
| 〃 | 末野達子 | 醫務部 公傷係 | 山口縣 大島郡日良居村土居六四七 |

## 第一期本部青年隊集合練成隊員名簿〔男子ノ部〕（五七名）

| 區別 | 氏名 | 所屬部工場名 | 本籍地 |
|---|---|---|---|
| 中隊長 | 高井利一 | 會計部 購買課 | 香川縣 三豊郡萩原村五〇〇番地 |
| 小隊長 | 水野里馬 | 總務部 勞務係 | 山口縣 玖珂郡河山村夏宿 |
| 〃 | 小池歌一 | 〃 電氣工場 | 愛媛縣 越智郡櫻井町 |
| 風紀係 | 福田慶一 | 會計部 購買課 | 山口縣 光市室積町六二三番地 |
| 〃 | 黒川岩男 | 爆彈部 鈑金工場 | 徳島縣 三好郡三繩村出合二番地 |
| 〃 | 柳内定雄 | 製鋼部 造修工場 | 兵庫縣 姫路市北平野町二九一番地 |
| 〃 | 小草久年 | 會計部 計算課 | 島根縣 八束郡古江村西谷二七番地 |
| 隊員 | 福島優 | 爆彈部 機械工場 | 下關市〔※1〕安岡東町一六七〇 |
| 〃 | 力丸順一 | 水雷部 鍛錬工場 | 福岡縣 福岡市犬養南町 六二六 |
| 〃 | 村中春雄 | 〃 檢査係 | 山口縣 玖珂郡桑根村大字南桑原二五四五 |
| 〃 | 畑中實 | 製鋼部 第一製鋼工場 | 島根縣 八束郡手酌村大字莫浦六九二ノ一 |

| 隊員 | 三好豊章 | 製鋼部 | 造修工場 | 島根縣 米子市東倉吉町 |
| --- | --- | --- | --- | --- |
| 〃 | 三好親雄 | 造機部 | 鑄造工場 | 山口縣 都濃郡須々万村大字須々万奥二三四 |
| 〃 | 藤本卓 | 砲熕部 | 彈丸工場 | 愛媛縣 越智郡亀山村大字名 |
| 〃 | 古澤敬 | 水雷部 | 人事係 | 島根縣 能義郡比田村 |
| 〃 | 藤田由美 | 砲熕部 | 運搬工場 | 島根縣 那賀郡今市村今市 |
| 〃 | 森内照夫 | 水雷部 | 銅工工場 | 大阪府 泉南郡信町 |
| 〃 | 橋本政雄 | 造機部 | 檢査係 | 全羅南道順天郡別良面德帝里七三七番地 |
| 〃 | 森一男 | 砲熕部 | 檢査係 | 高知縣 高知市片町三十一番地 |
| 〃 | 木上一生 | 水雷部 | 機械工場 | 廣島縣 雙三郡三次町 |
| 〃 | 桑田孝人 | 〃 | 主機工場 | 山口縣 都濃郡中須村北一一二七 |
| 〃 | 中原正直 | 〃 | 〃 | 島根縣〔※2〕 氣高郡瑞穂村大字宿 |
| 〃 | 丸尾豊 | 〃 | 精密工場 | 山口縣 下關市宇部南町 |
| 〃 | 笹森正一 | 〃 | 作業係 | 青森縣 中津輕郡和德村大字大久保字沼田 |
| 〃 | 玉川進 | 製鋼部 | 第一製鋼工場 | 高知縣 高岡郡東津野村芳生野甲二〇八七 |
| 〃 | 伊藤行人 | 〃 | 鍛錬工場 | 鳥取縣 松江市新町八 |
| 〃 | 會見修 | 〃 | 第一製鋼工場 | 鳥取縣 東伯郡花見村大字長和田 |
| 〃 | 羽島周治 | 造機部 | 熔接工場 | 山口縣 萩市椿町三一四二番地 |
| 〃 | 岡孝亮 | 製鋼部 | 鍛錬工場 | 和歌山縣 那賀郡麻生津村横谷 |
| 〃 | 渡邊正行 | 〃 | 電氣製鋼工場 | 愛媛縣 東宇和郡宇和町大字鬼窪 |
| 〃 | 宮本富輝 | 〃 | 機械工場 | 高知縣 香美郡片地村林田二六番地 |
| 〃 | 阪上正義 | 會計部 | 物資部 | 大阪市大正區泉尾中通三丁目五三番地 |
| 〃 | 末澤貞一 | 爆彈部 | 組立工場 | 岡山縣 小田郡矢掛町西町 |
| 〃 | 橋本一郎 | 造機部 | 鑄造工場 | 島根縣 美濃郡豊田村横田六四番地 |
| 〃 | 谷森静夫 | 砲熕部 | 器具工場 | 岡山縣 小田郡川面村大字宗田五九 |
| 〃 | 中島定吉 | 〃 | 運搬工場 | 島根縣 簸川郡出西村大字出西二三七一 |
| 〃 | 西川富雄 | 〃 | 薬莢工場 | 大阪市西成區田端通二丁目二二番地 |
| 〃 | 大隅嚴道 | 造機部 | 機械工場 | 山口縣 阿武郡高俣村大字高佐下一一二九 |

〔※1〕「山口県」が元名簿からも抜けている。

〔※2〕岩脇テルの恋人・中原正直の名簿上の住所は「島根縣」になっているが、「氣高郡瑞穂村大字宿」は現在の鳥取県鳥取市気高町宿。「島根縣」は「鳥取縣」の誤りと思われる。

| | 氏名 | 所属 | 住所 |
|---|---|---|---|
| 〃 | 小川熊雄 | 砲煩部精密工場 | 岡山縣阿哲郡草間村大字草間一一四七一 |
| 〃 | 大西繁義 | 水雷部補機工場 | 香川縣三豊郡大野原村花稲六六五 |
| 〃 | 奥田丈一 | 〃第一機械工場 | 京都府相樂郡大河原村北大河原澁久一六 |
| 〃 | 多々納信秋 | 造機部機械工場 | 島根縣簸川郡出西村大字阿宮 |
| 〃 | 森永憲忠 | 〃組立工場 | 岡山縣勝田郡廣戸大字廣戸奥津川 |
| 〃 | 大草朝夫 | 製鋼部鍛錬工場 | 島根縣邑智郡粕淵村大字湯抱 |
| 〃 | 松井善美 | 砲煩部彈丸工場 | 島根縣簸川郡遙堪村字上遙堪一一三一 |
| 〃 | 野上忠雄 | 造機部機械工場 | 島根縣那賀郡林野村 |
| 〃 | 村田耕 | 砲煩部砲身工場 | 山口縣下關市大字關後地村九四七 |
| 〃 | 長田万巳 | 製鋼部造修工場 | 鳥取縣東伯郡竹田村大字下畑二〇三 |
| 〃 | 原田三成 | 爆彈部機械工場 | 山口縣宇部市中宇部一二 |
| 〃 | 福良幸雄 | 〃工務課 | 徳島縣勝浦郡小松島町大字田野字本村 |
| 〃 | 池淵昝 | 水雷部調整工場 | 鳥取縣西伯郡境港市相生町八二 |
| 〃 | 伊藤良治 | 〃氣室工場 | 島根縣出雲市古志町二七二一 |
| 〃 | 上正春 | 〃組立工場 | 和歌山縣那賀郡細野村 |
| 〃 | 石濵淺吉 | 製鋼部電氣製鋼工場 | 愛媛縣西宇和郡二木生村周木 |
| 〃 | 潮見旭 | 水雷部研究工場 | 山口縣阿武郡篠生村大字生雲東分 |
| 〃 | 廣富滿 | 〃精密工場 | 鳥取縣氣高郡日置村大字小畑 |
| 〃 | 藤原利夫 | 造機部工務課 | 岡山縣小田郡堺村大字黒木四九七 |

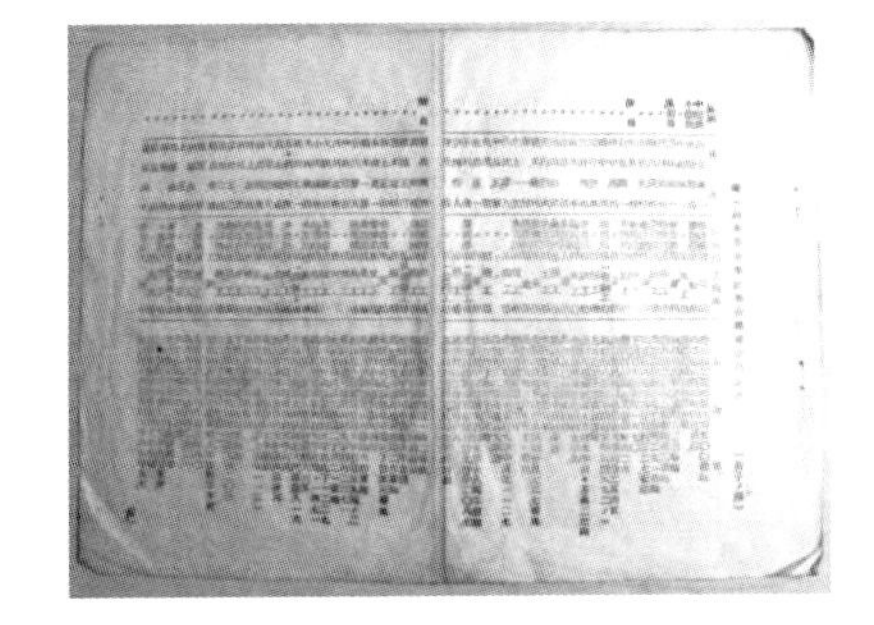

第一期本部青年隊集合練成隊員名簿〔男子ノ部〕
（原本・橋本紀夫蔵）

# 第一期本部青年隊『集合練成ノ思ヒ出』の寄書き

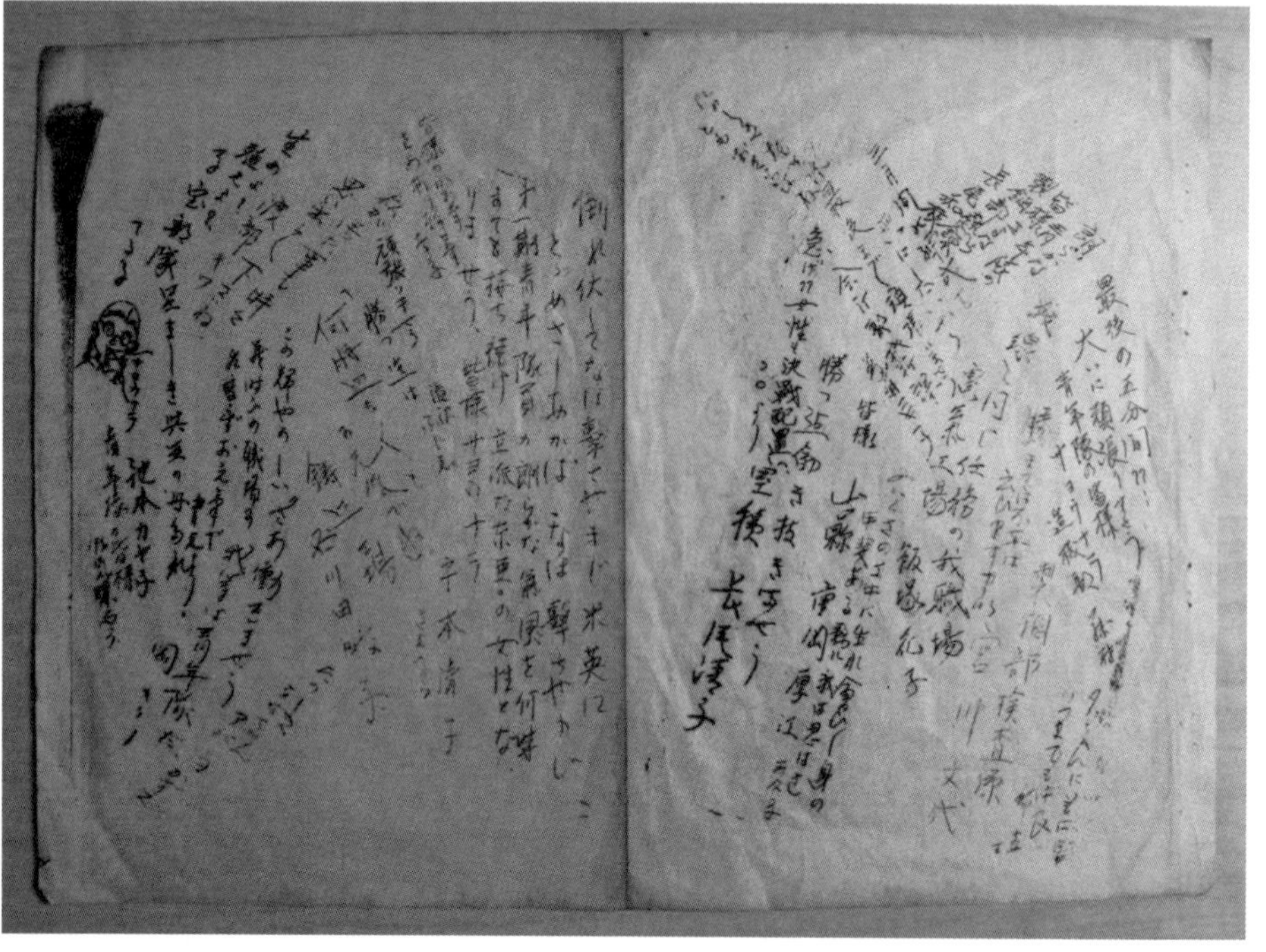

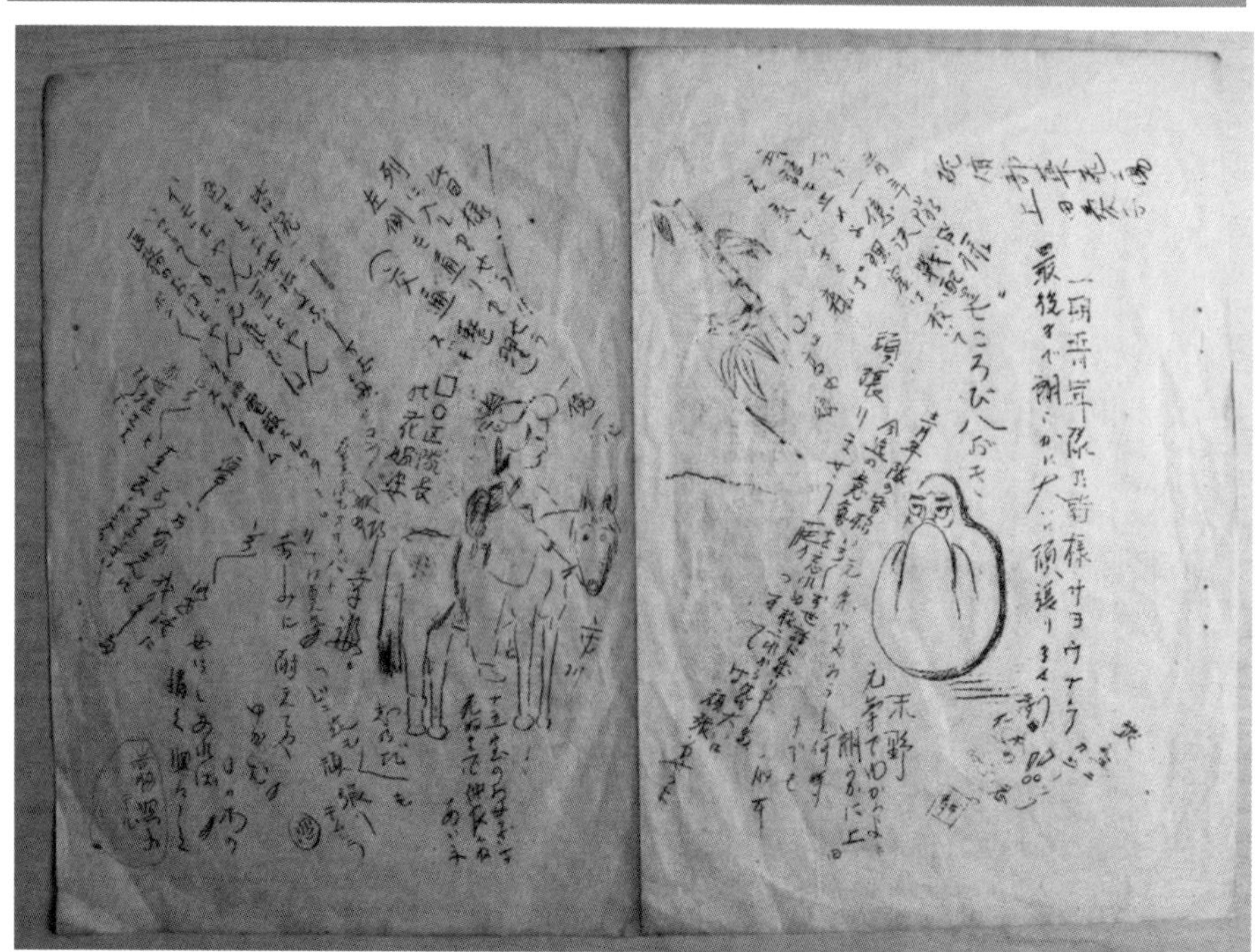

昭和 19 年 8 月 30 日の光海軍工廠報国青年隊修了式前後に記したものと思われる
〔20 頁参照〕（橋本紀夫氏蔵）

# 第１章

# 光海軍工廠と岩脇テル

娘時代の岩脇テル（橋本紀氏蔵）

# 光海軍工廠

光海軍工廠は昭和十五（一九四〇）年十月に全国で七番目の海軍工廠として開庁し、終戦一日前の空襲で大破した。

場所は山口県光市である。

光市役所前の交差点を南に下ったどん詰まりに、左手に武田薬品工業㈱光工場の門、右手に日本製鉄㈱の門がある。この二社の敷地となった光市光井と島田地区にまたがる海岸部一帯に、海軍の軍艦や機関銃の弾薬、戦闘機、その他の兵器類を製造、修理、保管する光海軍工廠があった。

いま、二社の門の間に「平和の光」と刻まれたステンレス製の巨大球体が据えられている［1］。光海軍工廠の関係者で組織する「光廠会」が昭和五十九年五月に建立したもので、碑文に以下の文章が見える。

〈戦雲急を告げる昭和十五年十月一日、光海軍工廠はこの地に開庁、大戦中は建設と生産を併行して推進、従業員、動員学徒三万数千人は一丸となって辛苦の職域活動に挺身した〉

終焉状況についても、つぎのように書かれている。

［1］　「平和の光」のモニュメント（2024年4月）

〈終戦の前日、昭和二十年八月十四日の空襲により壊滅し、不幸にも犠牲者七三八名を数え、光海軍工廠の命運はここに尽きた〉

光海軍工廠は五年に満たない運命だったが、日本の近代史に大きな足跡を残した。

市名の「光」の地名も、工廠誕生により生まれていた。

光井、島田、浅江の三ケ村が合併して周南町になったのが昭和十四年四月で、一年半後の同十五年十月の光海軍工廠の開庁に合わせて光町と改名されていたからだ。

当時の光町の人口は一万四〇〇〇人弱であった。

開庁当初の工廠は大砲の砲身や弾丸、機関銃などを製造する「砲熕部」だけで、職員は四十名（従業員四五一名）に過ぎなかったという。だが、同十六年春には大砲や魚雷の素

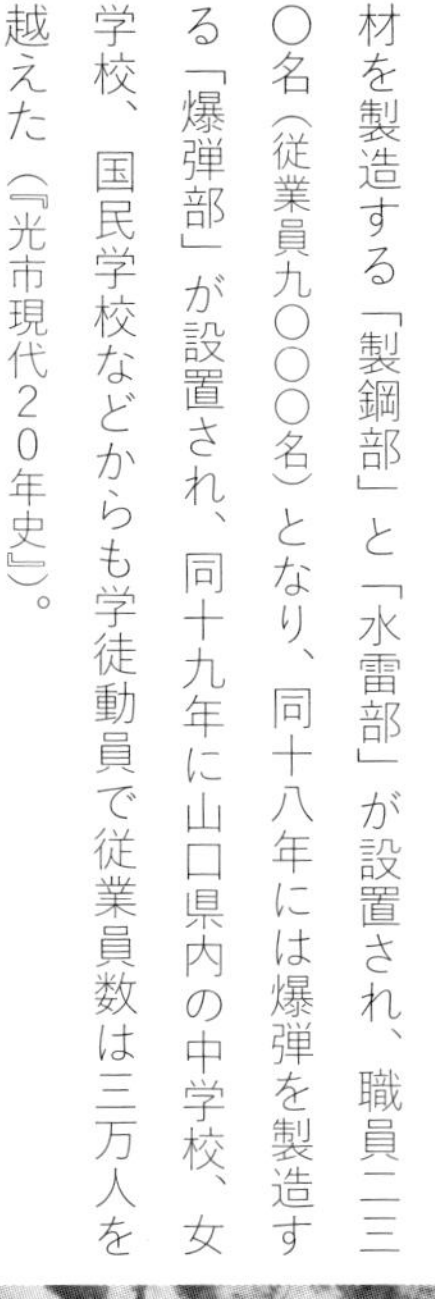

材を製造する「製鋼部」と「水雷部」が設置され、職員二三〇名（従業員九〇〇〇名）となり、同十八年には爆弾を製造する「爆弾部」が設置され、同十九年に山口県内の中学校、女学校、国民学校などからも学徒動員で従業員数は三万人を越えた（『光市現代20年史』）。

光市は海軍工廠により出来た軍事都市であった。

もう一つの特徴は、終戦間際の昭和十九年一一月に工廠東端部に人間魚雷「回天」の基地が置かれたことだった[2]。近くには平成八年十月に建立された「回天の碑」が鎮座する[3]。

[2]　魚雷（及び回天）揚投場跡と旧回天基地整備場跡（光市文化センター蔵）



[3]　「回天の碑」（2024年4月）

米軍機が撮影した光海軍工廠の航空写真（昭和20年7月5日撮影・『写真が語る山口県の空襲』）より作成。「水雷部庁舎」は、光市水道局旧蔵の「光海軍工廠配置図」（142頁）より比定。

## 軍縮条約廃棄と海軍増強

光海軍工廠の出現理由は、昭和九（一九三四）年十二月二十九日のワシントン軍縮条約廃棄にさかのぼる。

とっかかりは大正十（一九二一）年十一月から翌大正十一年二月にかけてのワシントン軍縮会議があった。このとき英・米・日の主力艦保有量率が五・五・三となり、対米七割を主張した日本側の意見は退けられる。ならば訓練には制限があるまいと、海軍名物の休みなしの「月月火水木金金」が準備され、江口夜詩作曲、高橋俊策作詞の同名の戦争歌が作られた話は有名だ（『戦争歌が映す近代』）。

未だ議論にのぼってなかった補助艦の制限をテーマとした二回目の軍縮会議がジュネーブで開かれたのは昭和二（一九二七）年。しかし英米サイドの意見がまとまらず、昭和五年のロンドンでの三回目の軍縮会議に持ち越される。

ここでは英米に対して日本が主張する七割を僅かに下回る結果（六割九分七厘余）となり、浜口雄幸内閣で四月に調印がなされた。これが統帥権問題に発展し、十一月に右翼の佐郷屋留雄が東京駅で首相の浜口を狙撃（暗殺未遂）する事件を用意した。右翼テロの幕開けである。

軍縮会議の結果として、翌昭和六年四月には海軍工廠の整理がはじまり、職工八九〇〇人が解雇された（※）。これに呼応するように陸軍人脈の桜会が長州閥排除の目的でクーデター未遂事件（三月事件）を起こし、十月に北一輝や西田税など民間右翼も関与したクーデター未遂事件（十月事件）を誘発した。

昭和四年一〇月からの世界恐慌と、軍縮による景気悪化と失業者増大の問題解決を担ったのは、結果的には昭和六年九月の関東軍による満洲事変であった。

奈良本辰也は『現代の日本史』で以下の分析をしている。

「資本家たちも、次第に、この軍の暴走にのっかって金もうけをしょうかという腹を固めてきます。三井と三菱が共同して満州産業開発資金を出してみたり、松岡洋右などという神がかり政治家の提唱にくっついて政党解消運動を起こしてみたり」

いずれにせよ、関東軍の大陸侵出による新たな市場開拓により、日本の景気は回復に向かいはじめる。

一方でファシズム運動も過熱の一途をたどり、昭和七年二月には血盟団員（小沼正）が、緊縮財政を断行した前大蔵大臣の井上準之助を射殺した。三月にも同じく血盟団員（菱沼五郎）が三井の団琢磨を、五月には海軍青年将校が中心となって首相の犬養毅を射殺した（五・一五事件）。

テロリズム全盛期に、労働運動でも国民社会主義思想が支持され、十一月に結成された日本労働同盟の組合旗にはナチのハーケンクロイツまでも用いられた（『写真　昭和30年史』）。

昭和八年一月には、近衛文麿らが国際連盟脱退を主張し、大アジア協会の第一回創立協会を開催。二月に日本の首席全権として松岡洋右が国際連盟総会に出席し、満洲国の承認を巡って賛同を得られなかったことで、連盟脱退を表明して退席している。日本は三月に、正式に連盟から脱退した［4］。

［4］　国際連盟脱退表明後に浅間丸で帰国する松岡洋右（昭和８年３月頃・光市文化センター蔵）

松岡は、後に開庁する光海軍工廠に近い室積で明治十三（一八八〇）年に生まれた外交官だった。このため普賢寺の裏手（境内地）に生誕百年を祝う顕彰碑「至誠而不動者未之有也」が建立されている［5］。

［5］　普賢寺裏手の松岡洋右碑（令和３年７月）

昭和八年七月には皇族内閣樹立をもくろむクーデタ未遂事件（神兵隊事件）が勃発し、さらに混沌は深まっていく。

昭和九年に入ると、五月にロンドン軍縮会議の予備交渉が行われた。昭和十年に予定されていた第二次ワシントン会議の準備会として、日英米の三国の秘密交渉である（『日本外交史辞典』）。ここでは九月に、年内に軍縮条約を廃棄することを決定した。

十月一月号の『日本及び日本人』の特集「華府（ワシントン）条約を即時廃

棄せよ」には、満川亀太郎が、「すでに廃棄と決定したる以上、〈善は急げ〉一日も早く先方に通告することを要す」と賛同し、下位春吉は、「神聖なる平和の戦争のための、聖なる武者震ひ」と絶賛している。

昭和九年十二月二十九日に廃棄を通告、規則どおり二年後の昭和十一年十二月末日に軍縮条約は失効した。

その結果が海軍の成長を促す。

軍縮条約失効半年前である昭和十一年六月二十七日付の『読売新聞』は「海軍の機構拡充強化」と題し、舞鶴要港部工作部の海軍工廠への昇格を伝えている。

実際、昭和十二年から無条約時代に入り、英米などの列強が海軍増強に乗り出してゆくことになった。

〈※〉昭和六年四月七日付『東京朝日新聞』「海軍々縮の犠牲に」。

## 妹尾知之の開庁計画

日本の光海軍工廠の建設計画も、軍縮条約失効が決まった昭和十一年に始まっていた。

開庁と同時に初代工廠長となった妹尾知之（せのおともゆき）［6］は、明治二四（一八九一）年に広島県神石郡神石町（じんせきちょう）の古川八幡神社（※1）の宮司・妹尾貫内（せのおかんない）の長男として生まれ、大正十三（一九二四）年に海軍大学校を卒業した。

［6］　晩年の妹尾知之
（妹尾孝之介氏蔵）

つづく妹尾の経歴は、カナダ出張を命ぜられたのが昭和七年。同九年カナダ在勤帝国公使館付武官となる。昭和十年に帰国して、同十一年に海軍艦本部総務部第一課長に就任。昭和十四年に海軍少将に任じられ、同十五年十月に光海軍工廠長となり、同十八年五月に海軍中将に昇格した（昭和十八年十月二日付『読売報知』「妹尾中将略歴」）。

『回想の譜　光海軍工廠』の妹尾の回想談によれば、昭和十一年十月に海軍艦本部総務部第一課長となり、後に光海軍工廠となる「A工廠」の開庁計画に着手したそうだ。昭和十二年春に「A工廠」の設置が確定し、暮れには「光」地方への設置が決まった。候補地は岩国、光井・島田地区（現、光市）、宇佐（大分県）の三ヶ所だったが、最終的に土地取得や将来の拡張が行える光井・島田地区になったという。

その後、海軍省から二〇〇万円の経費が認められたのが昭和十三年で、土地の買収にとりかかった。

「A工廠」を光海軍工廠と名付けたのも妹尾である。

これは米内光政海軍大臣の決裁を得て決定していた。海軍の場合、工廠名に所在地名を冠する習わしで、「光」地名になるべきだった。

光海軍工廠の建設委員会が海軍省内で立ち上がり、昭和十四年に妹尾が委員長に就任したが光井、島田、浅江、三井の四地区が合併して四月に周南町になったばかりである。ところが町名の名づけ親が徳山出身の末次信正（すえつぐのぶまさ）内務大臣だったことで問題がこじれる。

地元で「光」町名に変更することに大反対が起きたのだ。十六人の町会議員のうち十五人が反対し、ひとりが賛成した。紛糾の末、そのひとりが議員を辞職するなら「光」町名を認めると議会が条件を出し、賛成者ひとりが辞職し、昭和十五年一月の開庁とともに光町の名になったという。

光市になるのは昭和十八年四月だが、同年十月に妹尾は運輸通信省に転任している（※2）。

現在、光市役所近くの柿林神社下の路肩に「妹尾知之顕彰碑」が建つ［7］。妹尾は生前、採鉱冶金と武器を宰（つかさど）る金山彦命を祀る当社が鎮座していたことで、「兵器の神様が大兵器工廠をこの地にお招きになった」（※3）と、神職家らしい興味を語っていた。

光海軍工廠の瀬戸内海側に浮かぶ大小の水無瀬島も、元来は柿林神社の社領であったが、これも工廠用地として神社から譲って貰ったという。

こうした神縁により、昭和十八年九月の柿林神社の神域改修時にも奉賛会をつくり、光海軍工廠報国団なども奉仕活動を行っていた。後述のとおり、「報国団本部青年隊集合練成隊」の結成は、それから半年後の昭和十九年春だった。

［7］「妹尾知之顕彰碑」（令和6年9月）

（※1）現在の神石高原町古川に鎮座する八幡神社のこと。

（※2）『回想の譜　光海軍工廠』一三三頁。

（※3）『回想の譜　光海軍工廠』一三六頁。

# 岩脇テルとその時代

光海軍工廠時代に日記を残した岩脇テル［8］は、岩脇久右エ門とハルの三女として大正十二（一九二三）年三月三日に、山口県吉敷郡井関村大字佐山村第二第二九九番地で生まれていた。

長兄は清（明治四十三年生まれ・昭和十二年戦死）、長姉はサキ（大正二年生まれ）、次姉はキヌ（大正六年生まれ）である。なお清が戦死したことで、岩脇家はキヌの婿養子・章（あきら）が継いでいる。岩脇章（大正五年生）は旧高等小学校を卒業後、宇部曹達工業㈱の発電所に就職、山陽装機械部を経て、昭和二十一年に退社して個人事業主となり、昭和五十一年に㈱岩佐電機を創業した（昭和六十二年版『山口県版 防長経済要覧 一九八七』）。昭和六十二年版『東商信用録（中国版）』には、宇部市明神町に本店を置いて自動車や船舶の電装品の修理を行い、小野田市（現、山陽小野田市）や美祢市に事業所を構えていたことが見える。従業員十七名の同族会社で、妻キヌは監査役である。

テルは昭和二十年二月七日の日記の上段に、「義兄の日記帳貰つて今日より日記をつけることとする。中原正直さん出征を期に」と記している。

［8］　娘時代の岩脇テル（橋本紀夫氏蔵）

［9］　岩脇テルの日記（橋本紀夫氏蔵）

光海軍工廠時代に同じ水雷部主機工場で働いていた中原正直（鳥取縣氣高郡瑞穂村大字宿）に恋心を抱いていたテルは、これを機に義兄から貰った日記帳［9］に書きはじめていた。この「義兄」こそが、前出の「岩脇章」であった。

テルの遺品中に、中原の肖像写真

が二枚ある。その一枚の裏に、「拝啓　テルチヤン元気かね小生も元気　ではさようなら　さらばぐ　岩脇テル子様」とペン書きがある［10］。出征により光を離れる中原から貰ったポートレートだろう。

これより前の一月三十一日にテルは、「想へば去年の今日、大雪の朝、私達は故郷を立ってこの光へきた」と、一日分だけ別に書いている。後日、記憶をたどって加筆したのだろう。昭和二十年二月二十五日の日記に、「雪を見ると、昔年の今日、出發の雪を思い出す。あれから早や一カ年經ってしまった」と記しているので、実際に光市に来たのは昭和十九年二月二十五日と考えられる。

［10］　中原正直氏（橋本紀夫氏蔵）

テルの遺品中にあった名簿「第一期本部青年隊集合練成隊員（女子ノ部）」の「本部」とは、光海軍工廠に設置された「報国団本部」のことだった。『回想の譜　光海軍工廠』によれば、能率増進、福利共済、生活刷新などを目的に「報国団」組織が昭和十七年四月に出来て、三ヶ月の練成訓練が行われたとしている。総務部にいた渡辺勝（第二期）は、本部青年隊は昭和十九年春に編成されたと語る（※）。テルは到着早々、第一期の報国団本部青年隊集合練成隊員（女子ノ部）」のメンバーになっていたのだ。

修了式の記念写真の裏に「昭和十九年　光海軍工廠　報国青年隊　八月三十日　修了式記念　第一期青年隊（六月七月　八月）」とペン書きされている。工廠本部庁舎東玄関前での集合写真で、テルは前から四列目、左から六人目にいる［11］。

この直前の昭和十九年八月二十日に「青年隊集合練成隊員（女子ノ部）」一同で冠天満宮を訪ねた時の写真も残されている。「光海軍工廠青年隊の皆さん　天神様にて　昭和19年8月20日撮影」と台紙ラベルにテル自身が青ペンで記している集合写真だ［12］。最前の人の真後ろにテルがいる。冠天満宮本殿前の集合写真では、二列目右から四人目にテルの顔が確認できる［13］。

（※）『回想の譜　光海軍工廠』二三〇頁。

［11］　昭和 19 年 8 月 30 日の光海軍工廠報国青年隊修了式（○内がテル・橋本紀夫氏蔵）

［12］　昭和 19 年 8 月 20 日撮影「光海軍工廠　青年隊の皆さん　天神様にて」
（冠天満宮にて・○内がテル・橋本紀夫氏蔵）

［13］　昭和 19 年 8 月 20 日撮影・写真裏に「光海軍工廠　第一期青年隊　テル子　二十二才」と筆記（晩年のテル曰く「正しくは 21 歳」とのこと）
〔冠天満宮にて・○内がテル、2 列目右から 4 人目・橋本紀夫氏蔵〕

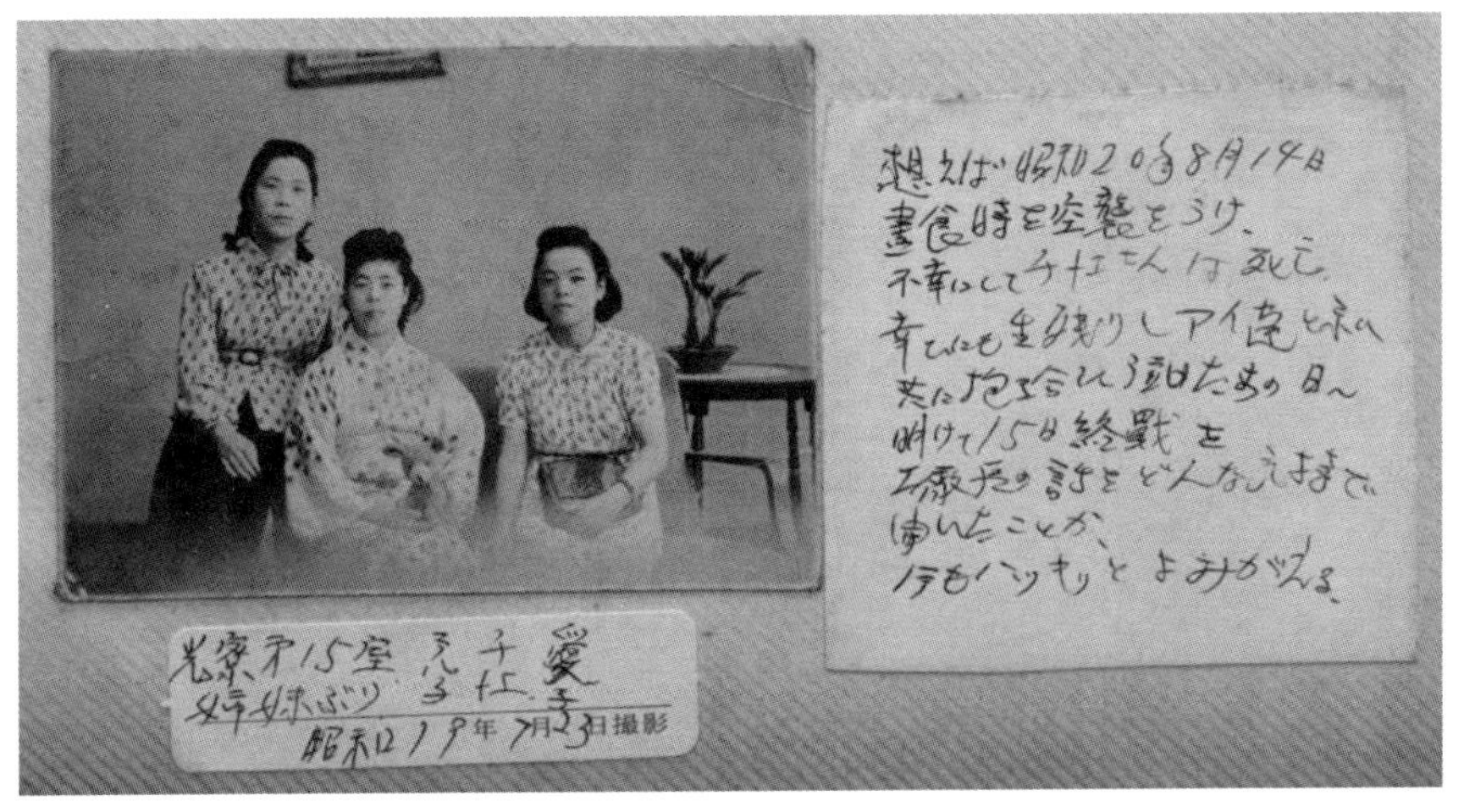


［14］　昭和 19 年 7 月 23 日撮影・左から岩脇テル、藏富士千江、上田愛子。説明文はテル自身が戦後に記した（橋本紀夫氏蔵）

## テルと友人、家族など

光海軍工廠に赴く前の岩脇テルの写真の古いものでは、昭和十四年、十七歳当時のポートレート［15］が残る。地元でも「青年団」活動をしていたようで、「昭和18年9月　青年団　幹部練成会　記念　テル」と裏書きされた集合写真［16］も遺品の中に残っている。

こうした延長線上に、光海軍工廠でも昭和十九年春に結成された「第一期本部青年隊集合練成隊員（女子ノ部）」のメンバーとして活躍したのだろう。

［15］　岩脇テル17歳（昭和14年5月・橋本紀夫氏蔵）

［16］　写真裏に、「昭和18年9月　青年団幹部練成会　テル」と書いてある（橋本紀夫氏蔵）

テルは幼馴染や青年団の仲間たちと、昭和十八年八月十五日に、津和野の太鼓谷稲荷と思われる神社に遊びに行っていた。そのとき撮影した写真の裏には、前述の日付と共に「津和野にて　面白く楽しい一日をすご志た　想い出の当日　参拝者一同」とペン書きしている［18］。そのとき撮ったテルひとりの写真では、左腕に腕時計をしている［17］。昭和二十年三月三十一日の日記の「受信」欄に、「時計バンド　1.30」と書いており、一円三十銭でバンドを交換したことがわかる。この腕時計は昭和二十年八月十四日の光大空襲直前の時刻を正確に日記に書きとどめたことで、貴重な戦史記録ともなった。

［17］　昭和 18 年 8 月 15 日、津和野にて。テルの左腕の腕時計が昭和 20 年 8 月 14 日の光空襲での正確な被害時間を記録する道具となった（橋本紀夫氏蔵）

［18］　写真の裏に、「昭和十八年八月十五日　津和野にて　面白く楽しい一日をすご志た　想い出の当日　参拝者一同」とある（テルは写真中央・橋本紀夫氏蔵）

日記には、テルの家族も登場する。

改めて家族構成を眺めると、テルの父は岩脇久右エ門（明治七年生）、母はハル（明治十七年生）である。

兄弟姉妹の関係は、上から長男の清（明治四十三年生）［19］、長女はサキ（大正二年生）。次女がキヌ（大正六年生）。

清は昭和十二年十一月七日に二十八歳で戦死しており、岩脇家の記録では、「中華民国山西省忻県　新庄村付近の戦闘にて」と確認できる。

清の死により、既述のようにキヌの婿養子の章（大正五年生）が、岩脇家を継ぐことになる。

姉のサキは、阿知須岩倉の上野馨氏に昭和十七年四月に嫁している。日記に出てくる「岩倉姉」はサキのことで、「岩倉の兄」は上野馨のことである［20］。

テルは昭和二十年三月二十九日の日記に、「何の心残りもない、私には待って居てくれる一番やさしい、母、そして、強くやさしい、兄が居るのだ。いつの日にか、合まみへん」と記している。母ハルは昭和十四年二月十二日に他界しており、兄の清も前述のように昭和十二年に亡くなっていたので、彼岸にまでつながる家族愛が感じられる。

［19］　上・テルの兄・岩脇清
（橋本紀夫氏蔵）

［20］　左・テルの姉・サキと上野馨
（橋本紀夫氏蔵）

光海軍工廠時代に出征した恋人・中原正直氏［21］について、テルは何度も回想していた。昭和二十年二月二十三日には、引き出しの掃除中に、「中原さんの想い出の品、又も思ふ、今頃のあの人をしのぶ」と記している。あるいは四月十日には、出勤途中で青年隊の思い出話となり、「中原さんの事を想はれる」と書いている。しかし中原とは音信不通のまま敗戦を迎え、昭和二十一年二月十四日に、テルは山口市嘉川の田中秀夫（大正九年生）に嫁ぐのである。

日記の最終日（昭和二十年十二月三十一日）に、「お母さん来て居られた、いゝお母さんの様」と書いているのは、田中秀夫の母シモのことであろうと二男の橋本紀夫氏は推測する。息子（秀夫）の縁談話相手のテルを見に来たのではないかというのである。

田中秀夫は彌一（明治十六年生）とシモ（明治二十二年生）の長男だった。次男は田中義雄（大正十三年生）［22］。

「昭和 18年 6月 10日　ラバウルニ於テ第三分隊点検班」と裏書された写真には、後列右から六人目に、機体の前でひげを生やした田中秀夫の顔が見える［23］。

本書監修の橋本紀夫氏（昭和二十七年生）は、昭和五十八年に吉敷郡阿知須の橋本昭三と妻久子の養子になり、橋本姓になっている。

［21］　上・テルの恋人だった中原正直（昭和 19 年 4 月・橋本紀夫氏蔵）

［22］　左・田中秀夫〔左〕と弟の田中義雄〔右〕（橋本紀夫氏蔵）

[23]　台紙に、「(昭和) 18 年 6 月 10 日　ラバウルニ於テ第三分隊点検班」、写真の裏に「今日ハ時ノ記念ロデ良イ記念寫真ニナル　午前六時頃」と筆記。後列右から 6 人目、機体の前でひげを生やしているのが田中秀夫 (橋本紀夫氏蔵)

なお、戦後の田中秀夫は国鉄職員として日本の高度成長時代を支え、テルは妻として秀夫に生涯尽くした［２４］。

[24]
鉄道 95 周年記念。田中秀夫・テル夫妻「永年勤続功績者総裁表彰記念」(橋本紀夫氏蔵)

# 第2章

# 岩脇テルの日記

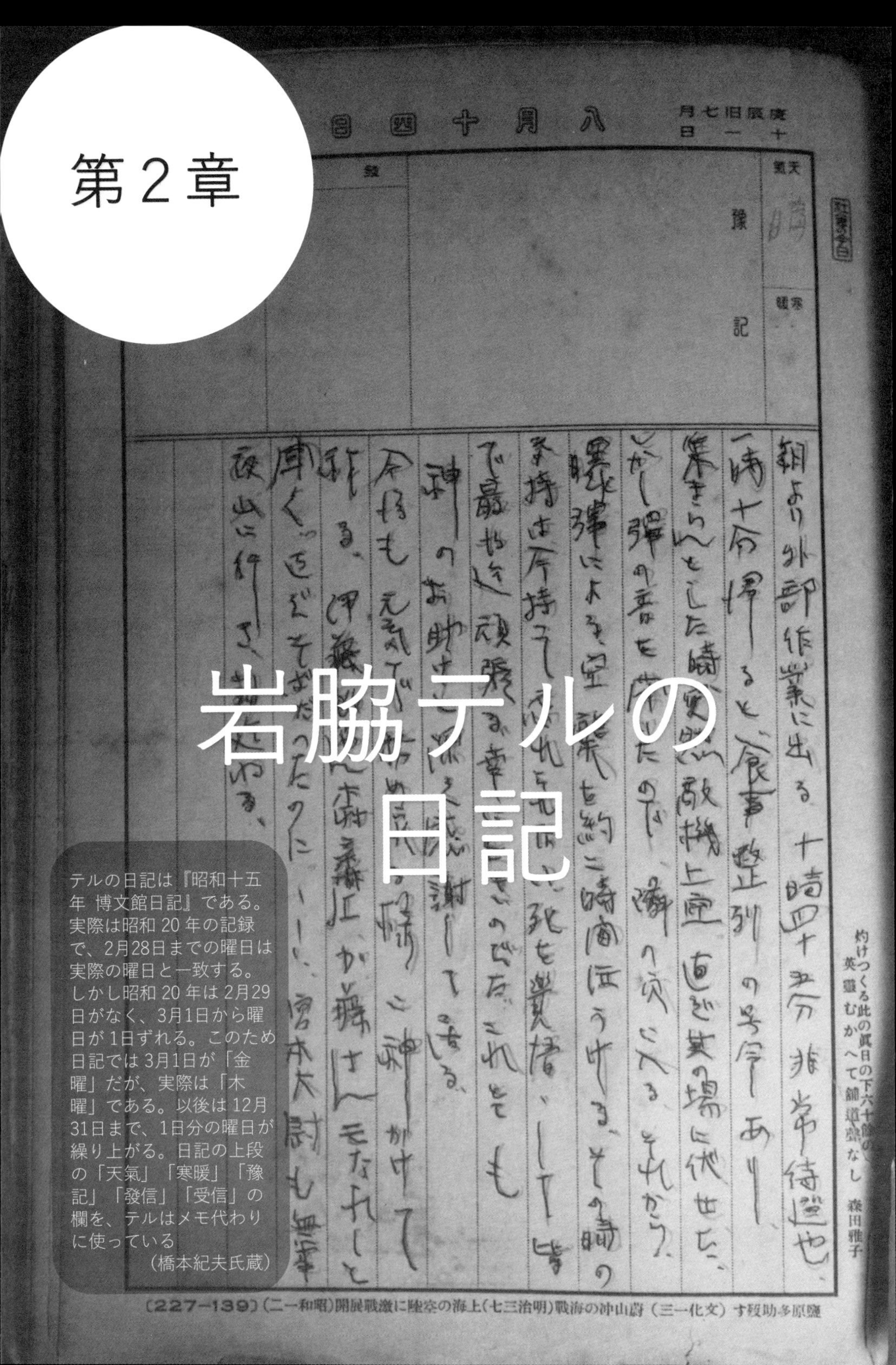

テルの日記は『昭和十五年 博文館日記』である。実際は昭和 20 年の記録で、2月28日までの曜日は実際の曜日と一致する。しかし昭和 20 年は 2月29日がなく、3月1日から曜日が 1日ずれる。このため日記では 3月1日が「金曜」だが、実際は「木曜」である。以後は 12月31日まで、1日分の曜日が繰り上がる。日記の上段の「天氣」「寒暖」「豫記」「發信」「受信」の欄を、テルはメモ代わりに使っている
（橋本紀夫氏蔵）

昭和二十年一月三十一日・水曜

梅もほころび始めましたが、朝晩の身にしみる寒さは春なほ遠き思ひがします。先日来とても暖かゝったが今日は思ひがけなくも雪降りです、部屋にて火鉢にあたりて居ても寒さを感じます。先日お便り拝見致しました。今度はこちらが先にご機嫌伺ひをと思っておりましたが又も負けてしまひました、其後もお元気で何よりと存じます。照子お蔭を以って元気にご奉公して居ります。想へば去年の今日、大雪の朝、私達は故郷を立って、この光へ来たのですが、あれから早くも一ヶ年經ってしまひました。

【發信】敏夫さんが才二の故郷と云って居た。

二月七日・水曜

中原さん、いよ〳〵令状を手にされた。男になれて嬉しさうだ。しかし、何だか淋しい気持。とう〳〵別れなければならない。今日ある日を想はないではなかったけど、…来て見ればやっぱり…、正午で帰られる。女工員ばかりで見送る、調整工場のところまで、見えなくなる迄見送る。目頭が熱くなる。あゝもう一生逢へないのだ。どうかお健勝にて、お働き下さい。ご健勝とご幸福を祈りつゝ。

【豫記】義兄（※1）の日記帳貰って今日より日記つけることとする。
中原正直さん出征を期に。
（※1）岩脇章（姉キヌの夫）のこと。

二月九日・金曜　【天氣】曇、雪

今日は外泊出来る日、しかし外泊し、明（※1）が気にかゝる。雪が降り出し、去年の出發の日を想ひ出しつゝ仕事に勵む。家に帰ってからの事を想像しつゝ。早々、佗枝（※2）を見たい。定時にて雪の降る中は寮迄走りつゞけて帰る。すぐ事務所に挨拶してバス（光井門）迄行き暫く待ち驛に向ふ。急行券を人にゆづって貰ふ。六時四十分、光發（五十分おくれ）、小郡（※3）で約一時間待ち、九時十六分の電車にて帰る。三ヶ月に踏む故里の土、雪どけで道は悪かった。姉はびっくりした。餅を四つ食べる。コタツに休む。いろ〳〵語り合ふ。ねむれない。原田の一夫さんに突然会ひ、びっくりした、演習で来て居るとの事。軍服姿、今も目に浮ぶ。

【豫記】汽車代。急、25、汽190
（※1）読みは「みょう」。翌日のこと。
（※2）佗枝（さかえ）とは姉（岩脇キヌ）の子。

（※3）現在の新山口駅のこと。

**二月十日・土曜　【天氣】雪**

二ヶ月振りに休んだ家、夕べはねむれなかった。そばで仡枝が母ちゃんジャー〳〵と、床の中より姉を呼ぶ声にびっくりした。三ヶ月も見なかったら、こんなに変わったのか……。七時半起床。仡枝を連れて起きる、朝の雑煮は味まかった。午後、河田に行く遊ぶ。みち子さんも来る、皆変らずである、だがやっぱり、故郷の人はのんきである。雪は相変わらず降る。午後、土産の支度をする。仡枝がなついて来るのには嬉しく感じる。今夜も家にねれる。今夜は部屋へ父（※1）とねる。

（※1）岩脇久右エ門のこと。

**二月十一日・日曜　【天氣】曇り**

今朝も七時半に起きる。待てどマサヨ（※1）さんは来ないが帰らないのか知らと心配する。ミネ（※2）ちゃんがハガキを出しに行く途中を見付けて呼び止めた。何ヶ月振りに見る友の顔。…もはや人妻となって居る友、しかし友情に変わりは無い。久子さんも赤ちゃんが生まれた由、会社にて森本さん達と面白く話し合った時を想い、ふき出したくなる。マー（※1）ちゃん、十時頃来る。今朝、帰ったとか、二人で元気に歩き乍ら、阿知須に向ふ。行きて有吉は休みとは、情ない。町を一廻りして帰る。

（※1）友人の信田政代のこと。
（※2）友人の西本峰子のこと。（「母の幼馴染で結婚されて西本峰子の名で、嘉川に住まわれていたと思います。旧姓は西村峰子です」（橋本紀夫談））

**二月十二■■■■（※1）【天氣】晴**

朝はやっぱり冷たかった。朝礼の時、昇る朝日を仰みながら、全く気持ちが良かった。今日は小春日和のとても良い天気だった。もうこれから、何時もこんなといゝナと友と語る。弘田さんが定時間で帰宅した。あのあはて方、面白い。家へ帰ったつかれで、えらくて、仕事がはかどらない。夜、石けんの配給。二班に五個。

四室　黒杭
五〃　笹近
六〃　中野フジ代
九〃　小川ヤス子

十一〃

〔※1〕日記は『昭和十五年　博文館日記』で、昭和十五年二月十二日は「月曜」であり、昭和二十年も同じだが、ページが破損している。

■月十三日■■■〔※1〕　【天氣】晴

風のない良い日和。今日は身体の具合が大分良い。しかし午後は辛くなった。昨日に位べ仕事がはかどった（二台と半分）。夜、一班三室の事で部屋変への話で事ム所へ行く。自分も二班に行く様に云はれたけどことわってしまふ。やっぱり今の部屋は別れたく無いんだもの…。二班の事も思はないではないけど。あゝ私はやっぱり修養が足り無い？…。世の人よ笑はば笑へ……。自分の切ない想いは誰も知って呉れないんですもの……。母逝きて〔※2〕早や七ヶ年……。其の淋さ、やっぱり今の部屋を出てしまったら、楽しさが逃げて行く気がする、寮母さん赦して下さい。……。

【豫記】午後の軍歌、宮本中尉の先導。〝兄は征く〟「丘の夕月飛ぶ雁に　母のやさしい子守唄　幼心にあこがれの　空の特幹　兄は征く」〔※3〕

〔※1〕前日の裏側で同様にページが破損。正しくは昭和二十年二月十三日で「火曜」。

〔※2〕昭和十四年二月十二日に没した母・岩脇ハルのこと。

〔※3〕女性でも歌える特別幹部候補生出陣を主題とした国民歌として、昭和十九年八月十六日付の『読売報知』で発表されていた。

二月十四日・水曜　【天氣】晴

週に二回定時日、いよ〳〵今日より実施さる。鈴木さん〔※1〕と街へ出る。姉の銭布買い求む。次、二人は天神様〔※2〕へ向ふ。おみくじで吉が出る。〝小児が乳を得たるがごとし〟帰りに梅一枝、折りて帰る。鈴木さんと菅原道実〔※3〕の話をする。帰舎して見て重岡さん〔※4〕が轉室する支度をして居る。何か知ら淋しさを感じる。

【豫記】〝熱の訓練、陸鷹の若い翼は日に開く　花よ桜の大和魂咲いて散る身に空がすむ〟

【發信】父へ…

〔※1〕友人の鈴木房江（水雷部　調整工場）のこと。

〔※2〕光海軍工廠近くの冠天満宮。

〔※3〕菅原道真のこと。

〔※4〕友人の重岡アツヱ（水雷部　作業係）のこと。

二月十五日・木曜　【天氣】晴

防諜週間〔※1〕第六日目。午後、組長家へ帰る。身体胃悪し。頭いたむ。午後の軍歌面白かった。海野さん、家の外泊より帰らる。随分ねむいらしい。定時で帰る。寮に帰れど、便りは一つも無いとは情け無い。

【豫記】雲をうつ波　荒海の舟の特幹　花しぶき
　踊るへさきに潮やけの
　鉄の度胸は　どこで咲く

〔※1〕昭和十六年五月から始まったスパイ防止策。工場その他事業所でのスパイ活動を阻止する目的で「従業員の監督」、「従業員の自発的防諜心を喚起」するため、ポスター掲示や講演、放送などが全国的に行われていた（昭和十六年五月四日付『読売新聞』）。

## 二月十六日・金曜　【天氣】晴

十一時半に作業止メ、食堂に向ふ。日本一の男装美人〝水の江瀧子〟一座の慰問演藝会が行はる。生命がけにて行って見れば、おすな〳〵の大盛況。一向、見えそうにも無い。後ろの方にて、おとなしく見る。やっぱり良い、スマートである。あの振り袖姿、今も眼に残る。三時終る。才二警戒警防に入る。渡辺好さん今夜帰る。火当番をした。

【豫記】大和桜の一時に　敵をたゝくぞ妹よ
　後はよろしく追継ぎの
　強い男の子の母となれ〝笠〟〔※1〕

〔※1〕「兄は征く」（二月十三日の日記に出てくる）の四番歌詞。

## 二月十七日・土曜　【天氣】晴天

昇る朝日、我心清し。帰郷して早や一週間經ってしまった。今日、仕事があまり無かった。定時間で帰る。ポカ〳〵暖かい春の日和であった、あゝやっぱり春か知ら…。帰舎して見たら弘田さんが帰って居た。お芋はとても美味かった。ボックスの整理をした。今日も敵は来なかった。

## 二月十八日・日曜　【天氣】晴

今日は住田さん〔※1〕達が、仕事がおくれた為、仕事が無く、ブリキに穴を開けて日が經った。定時迄本当にのんきだ。我等の正月だ。鈴木さんの所に帰りに寄り、町に出る。本中さんも朗らかな面白い人だ。鈴木さん帯を買ふ。次に、ついふら〳〵と中尾食堂に足が向ふ。だんご、うの花、切干、お汁、計二．〇円。とても味美かった。おかげでお腹が満腹。池永さんが酒保からミカンとだんごを貰って来て下さった、今日は盆と正月が一緒に来た様だ。志本さん、室積から帰らる。舛田さん〔※2〕〝還って来た男〟〔※3〕の映画を見たと帰った。

〔※1〕友人の住田歌子（爆弾部　機械工場）のこと。

〔※2〕友人の舛田幸子（水雷部　気室工場）のこと。

〔※3〕織田作之助原作の松竹映画。マレーから戻った軍医が、様々な女性たちとぎこちなく交流する物語で、昭和十九年七月に公開された。

## 二月十九日・月曜　【天氣】晴

風は輕く、日は暖かゝった。ボート〔※1〕の植込がおくれた為、晝迄穴ずりをし、なか〱えらかった。午後、一台半、支持座〔※2〕をつけた。早出の證明書を作って頂く。各室の名札の無い人名を事ム所に出した。夜、点呼済み、帰って見たら、七室の橋本さんが自分の室へ入ると、行って荷物を運んで来た。なんと云って良いかわからない…。警戒警防發令と云ふ所、そうだこれからは少し、口を愼まねばならない。どうか今迄通り楽しい部屋である様に神かけて祈る。では皆様お休み。今日も一日、無事終わる。

【豫記】今日の軍歌〝増産進軍歌〟
朝の明るい並木途　工場へ急ぐこの胸に
澄んだ日がさす　風が吹く
我等の足もかるくなる〱〔※3〕

〔※1〕ボルト（おねじ〔雄ネジ〕）のこと。

〔※2〕「支持座」について、三菱重工長崎造船所史料館所蔵『航空魚雷ノート』（手書きの内部資料）に九一式魚雷の図があり、「偏心鍔」という部品の一部に「滑動弁伝動片支持座」の表記が確認できる。他に「主機械受座」という部品も確認でき、「支持座」も「受座」も魚雷の機械部品を筐体（魚雷の内壁）などに固定する「座金（ざがね）」のようなものと考えられる。

〔※3〕『音楽知識』第2巻6月号（昭和19年6月1日発行）に掲載されている。日記の「工場へ急ぐこゝろには」の歌詞は、正しくは、「工場へ急ぐこの胸に」である。作詞者は長田恒雄、作曲は古関裕而。

## 二月二十日・火曜　【天氣】晴

重岡さんより先に起きる。早出をすまい思ったけど、池永さんがすると云ふので、自分も早く食事をし、早出した。希望に燃え、朝の人の數少ない時二人、工場へ急ぐ。やっぱり勝つ為だ。そうだ、あの人達も兵隊さんで働いて居られるのだもの…。朝礼迄、三個支持座を付ける。二残〔※1〕迄、三台仕上る。国安さんからハガキ来る。橋本さん、今日からこの部屋に来る。朝から休み無く、働きつづけたが、なか〱きつい。二班、お火の当番（五室）。


【豫記】食堂に於ての礼法。

幕の下に物をおかぬ事。


〔※1〕「二残」は二時間残業の意味。

二月二十一日・水曜　【天氣】晴

早出の才二日目。今朝の朝礼程、気持良く、心が澄んだ日は無い。あの朝日、暖かみを感じる。今日は定時日（二台半）。夜、ミカン配給一人前十七銭　班長特配ある三十六銭也。夜の食事。大根、ヒジキ、セト貝の生酢。

【豫記】敵がたのみの數と量
　如何程増してこようとも
　我にこの腕　この決意
　増産戦は引き受けた〳〵

二月二十二日・木曜　【天氣】晴

久し振りに雨が降ったと思って朝、出勤の時、門を出て見たらびっくり、外は白くなって居る。あゝ雪だったのかと池永さんと話合った。雪どけ道を志本さんと三人、工場へと急ぐ。本中さんと鈴木さんが、雪が降る、降らぬとかけをした事を思ひ出した。夜、班長会議がある（点呼整列）（出勤整列）（火当番）（定時で帰った人　事ム所へ挨拶に行く事）。渡辺さんと好さんに頂いた赤飯を食べ美味しかった（工廠の晝、五目飯）。橋本さんの米粉をかりて食べた。とても美味しかった。

二月二十三日・金曜　【天氣】晴

朝、引き出しの掃除を行ふ、中原さんの想い出の品、又も思ふ、今頃のあの人をしのぶ。今日も定時になったら工場の中はしーんとして、もの淋しい。唯今、西組の四人が隅で眞面目に働いて居る。幾等働いても〳〵生産は上がらない、腹立たしくなる。仕方無い、と諦めながらも、やっぱり、嫌になる。今日はとう〳〵三台出来上らない。帰舎して、何時も思って居る一夫さん（※1）から便り来て居てとび上がる程嬉しかった、やっぱり懐かしい。敏ちゃんの便りがほしい。去年の今夜、別れに青年団の女子、おしるこを炊いて呉れた日だ、あゝ想ふ故郷の友。

【受信】原田一夫さん

（※1）原田一夫のこと。

二月二十四日・土曜　【天氣】晴

六時十分に整列して舎を出發する。今朝は案外冷たい。午後、防火訓練あり。定時日。食事後、軍歌演習あり。間で健民修練の人、演藝に着る着物を取りに来る（武内さんの使い）。鈴木さん外泊。志本さん、橋本さんも今頃は家についた頃か知ら…。去年の今日は　いよ〳〵最後の家に休む日。明日は出發して　この光へ来るのだった。夜、岩倉の兄〔※1〕や姉〔※2〕が来てくれてご馳走して別れをした。あれから早や一ヵ年、長い様で近い、近いようで長い一ヵ年である。

【豫記】ヒジキ／魚フライ　――夜
　　　　大根／魚　――煮付け

〔※1〕上野馨のこと。
〔※2〕上野サキ〔旧姓・岩脇サキ〕のこと。

二月二十五日・日曜　【天氣】雪

今日は楽しみ　休みなのに、起きて見ればこれ如何に…。思ひもよらぬ外は白く覆はれて居るもの。雪を見ると昔年の今日、出發日の雪を思い出す。あれから早や一ヵ年經ってしまった。二班、食堂の掃除。朝から渡辺さんと二人で火鉢をかこみ餅をやいたり、いもを焼いたりしてすごした。重岡さんも裁縫に来られた。雪は相変わらず降りつゞける。一夫さんに便りを書く。お人形を作って遊ぶ。軍歌の練習ある。

二月二十六日・月曜　【天氣】晴

各自出勤。重岡さんと凍る雪の上を踏んで工廠に向ふ。
〝雪の進軍氷を踏んで〟〔※1〕

【豫記】お使は　自轉車で気輕に行きませう
並木道　そよ風　明るい青空
お使ひは　自轉車に乗って　颯爽と
あの道　この道　チリン　リンリン〔※2〕

〔※1〕日清戦争時の軍歌「雪の進軍」の一番歌詞冒頭。
〔※2〕轟夕起子主演の東宝映画『ハナ子さん』の主題歌「お使いは自転車に乗って」の一番歌詞。「あの道」は正しくは「あの町」。

二月二十七日・火曜　【天氣】晴　【寒暖】定〔※1〕

雪どけ道を工廠に向ふ。今日は給料日、四三円六九銭と云ふ大金を頂く〔※2〕。十円貯金する。食券のお金を集め事ム所へ行った。食後、憲兵隊長のお話ある。ねむかった。そして帰って見たら鈴木さん帰って居た。私も元気づいた。一緒に入浴する。昨日からとても忙がしく、気が落ちつかない。お芋を腹一ぱい食べた。

【豫記】そよ風ホッペたを　そっとなでて行くよ
お日様もあの空で　笑って見てゐます
お使は自轉車に乗って颯爽と

かごを小脇にチョいとかゝへて
チリリ リンリン〔※3〕

〔※1〕テルはこの欄で、仕事の残上の有無などを記録している。「定」は定時での終了と思われる。

〔※2〕昭和二十年の巡査の初任給が六十円（『値段史年表』）なので、二十二歳の娘には四十三円余りは「大金」だった。

〔※3〕「お使いは自転車に乗って」の二番歌詞。

## 二月二十八日・水曜　【天氣】晴　【寒暖】定

調整工場。朝礼前、高山少尉、五人一組、中に一人入れ追ひごっこをさせられる。昨日、今日、とても春らしく暖かい。〇〇さんと〔※1〕、どことなく散歩したい。あゝ想い出す。いよ〳〵二月も今日で終りだ。月日の經つのは早いもの。今日、帰りに中谷の初ちゃんに会ふ。相変わらずだ、なつかしい。一明日から四日、休みで帰ると云って居る。良い事だ、うらやましい。餅を食べた、とても美味しい。

【豫記】雨の日も風の日も　どんな天気な日も
私は元気で市場通ひ
お使いは自轉車にのって颯爽と
片手ハンドル　一寸とすまして
チリリ リンリン〔※2〕

〔※1〕出征した恋人・中原正直のことか。

〔※2〕「お使いは自転車に乗って」の三番歌詞。

## 二月二十九日・木曜

> ㊟ テルは『昭和十五年　博文館日記』を義兄の岩脇章（姉キヌの夫）から譲り受け、昭和二〇年二月七日から筆を起こしていた。昭和十五年は〝うるう年〟で二月二十九日まであり、このページは空白である。なお、昭和十五年と昭和二十年の一月、二月の曜日は一致するが、昭和二十年は一月二十九日がないことで、三月一日以後は日記に印刷されている曜日と、実際の曜日が一日ずれる。

【豫記】私はすこやかな〳〵娘　元気で陽気な明るい心
何時も〳〵　自轉車にのって飛んで歩くけど
心はしとやかな花の花子〔※1〕

〔※1〕「お使いは自轉車に乗って」の四番歌詞。「元気で陽気な明るい心」は正しくは、「気軽で元気で明るい心」。

**三月一日・金曜〔※1〕　【天氣】晴　【寒暖】二残〔※2〕**

三月の声を聞いただけで気が明るく暖かく感ずる。吹く風もどこか暖かくやはらかく、あゝやっぱり春だと、思われる。今朝も出勤して見ると池永さん一人で一心に仕事をして居る、あゝ済まないと頭の下がる思ひ、感心に耐へない。しかし自分は何故にできないのだろうか…。思ふと情ない。今朝、四時半、警戒第一種に入るがすぐ解除となる。みねちゃん〔※3〕より便りある。作業服の洗濯をする。齊木さんと話す、部屋の者皆早くねる。自分と渡辺さんだけ、彼女は相変らず小説にまきこまれて居る。

【豫記】㊍〔※1〕
【發信】西本峰子

〔※1〕実際は木曜。㊍はそれを示している。
〔※2〕「二残」は、「二時間残業」の意味。
〔※3〕西本峰子のこと。

**三月二日・土曜〔※1〕　【天氣】雨　【寒暖】2**

思ひがけなく雨、朝からしと〱降りつゞく。その雨も何となく、春らしく感じる。夕べは傑作であった。朝、着物を着かへ様と思ったら、シャツが無い。いくら探しても見つからない…と思ったら、夕べ鈴木さんとあまり話すぎて風呂へ忘れて帰ったのだ。朝、事ム所の前にあったので貰った。支持座三台半取りつけた。割とはかどった。食事の最中、電燈消えて困った。眞黒の中でお芋を焼いて食べた。とても今晩は面白い、餅も食べた。お陰で入浴はぬるいのでこらへた。明日は自分の誕生日だ。

〔※1〕実際は金曜。

**三月三日・日曜〔※1〕　【天氣】晴　【寒暖】定**

三月三日、早いものだ。去年、始めて異郷の空で自分の誕生日を迎へたのだ。そしてあれからもう一ヶ年。雛祭りだ。今日は朗らか…。定時間で帰り、渡部さんが工廠でお人形を作って帰ったので、部屋に飾り、お祝ひした。夕食もとてもご馳走があった。巻き寿司に五目飯、カタナギ、大根色漬、等…。美味しかった。誕生日を祝って頂いた気持ちで、この上無く嬉しかった。舛田さん外泊した。うちの部屋は相変らずとても面白い、笑ひが絶へない。明日は衛生日で休業だ。

〔※1〕実際は土曜。

三月四日・月曜〔※1〕　【天氣】曇後晴　【寒暖】休

今日は衛生日で休業。七時半迄ボックス整理。後大掃除、疊上げ、夜具干し、消毒、洗濯、曇りがちであったのが、午後より太陽をおがむ事が出来、嬉しかった。お陰で布團も良く消毒出来た。晝から疊を敷き、拭き掃除をして終り、気持ちが良かった。再びお雛様を飾った。日当たりの良い部屋でとても気持ち良い。一寸とねころんでゐたらねむってしまった。写眞帳を出し、想い出の様々な姿を眺めた、そしてはりそへた。夜、人事主任、一緒に食事をされ様、お話しがあった。

【豫記】〝高原の旅愁〞
昔の夢の懐かしく　訪ね来たりし信濃路の
山よ小川よ　また森よ　姿昔のまゝなれど
何故に彼の君　影もなし〔※2〕

〔※1〕実際は日曜。
〔※2〕昭和十五年に歌手の伊藤久男が歌った「高原の旅愁」の一番歌詞。

三月五日・火曜〔※1〕　【天氣】晴後雨　【寒暖】一残

支持座二台、池永さん三台、小野さん一台、計六台。一残で帰る事を許可さる。定時頃より雨降る。帰舎してつくろいものをする。点呼後、身分証をつけて居たら、突然サイレン鳴り渡る。時に八時十分。警戒警防。火が出ないとて、橋本さんの餅を生で食べる。味のあるものだ。情ないやら、おかしいやら、あゝ今の我等の生活よ…。故郷の友よ、私達をなんと見る。今日なつかし　みち江さんの便り。拝受する。やっぱり変わらぬ友情。あゝ故郷の父姉、友よ安らかに、ねむれよ。

【豫記】乙女の胸に　しのび寄る　啼いて淋しきかんこ鳥
君の声かとたち寄れば　消えて冷たく岩かげに
清水ほろ〳〵　湧くばかり〔※2〕

【受信】山口市大字佐山　本藤道江

〔※1〕実際は月曜。
〔※2〕「高原の旅愁」の二番歌詞。

三月六日・水曜〔※1〕　【天氣】曇風

風十四米の速さ。火気特に注意すべし。生産上がらず。一台半。弘田さん達、定時で帰りたがるのには可哀さうにもあったけど、はがゆくもあった。高山少尉が言はれる通り、残業するのは私達ばかりだもの…。しかし、仕事がむつかしいもの?…、めでたさ地久節〔※2〕。女子従業員だけ水雷廠舎の西側にて部長の訓話ある。〝女性は朗らかである事、辛抱強い事〃国母陛下、〃世の女性のする事は、皆お手づから、おやりになる〃今夜より、渡辺さんと二人で点呼をする事となった。〃雷撃隊出動〃の映画〔※3〕上映。

【豫記】過ぎにし夢と　思ひつゝ
山路降れば　さや〳〵と
峠吹き来る　山の風
胸に優しき　懐かしく
明日の希望を　さゝやくよ〔※4〕

〔※1〕実際は火曜。

〔※2〕皇后誕生日の旧称で読みは「ちきゅうせつ」。香淳皇后の誕生日（地久節）は三月六日だった。

〔※3〕昭和一九年十二月八日（戦争記念日）に東宝が公開した戦争映画。

〔※4〕「高原の旅愁」の三番歌詞。

## 三月七日・木曜〔※1〕【天氣】曇吹雪【寒暖】定

又冬がまひもどった様、とても風が冷たい。一時は吹雪であった。今日は案外気持ち良く働く事が出来た。家での春の手入れ、野原等いろ〳〵故郷の事を想ひ浮べ、はっと我にかへって、おかしかった。火鉢出る。夜、突然班長集合の命下る。行って見てびっくり、又、盗なん事故あるとの事。班内を渡辺さんと調べてあるく、情なし。今夜は寒い、早々ねる事にする。みち江さんの便りの返事〔※2〕、一日のばす。

【豫記】太平洋の波上　帝都の南千余キロ
浮ぶ渺たる一孤島　今皇国の興癈を
決する要しょう硫黄島〔※3〕

【發信】菓子配　十三銭

〔※1〕実際は水曜。

〔※2〕三月五日に手紙が届いた本藤道江への返事と思われる。

〔※3〕昭和二十年二月十一日に歌詞が発表された『硫黄島防備の歌』の一番歌詞(昭和二十年二月二十八日付『朝日新聞』)。

## 三月八日・金曜〔※1〕【天氣】晴【寒暖】2

今朝も手が切れる程冷たい。やっぱりまだ春なほ遠き思ひがする。六台やり定時で上がらうと思ったけど、なか〳〵はかどらず帰れない。常森さん達はぶつ〳〵云ふ、聞くに忍びない、何故に皆あの様に帰りたいのだろうか?。もう少しは考へてくれゝばいゝのに。でもぢっとそれをこらへた自分…。良くもこらへる事が出来たと、我乍ら感心する。神よ、護り給へ〔※2〕。生産六台。明日も又頑張らう。一昨々日も、一昨日も、昨晩も、警戒發令さる。光にも、いよ〳〵やって来るぞ、さあ、頑張らう。

【發信】■■■■十銭

〔※1〕実際は木曜。
〔※2〕テルが祈る「神」とは、光海軍工廠近くの冠天満宮の神。
〔※3〕■は解読不能文字。

**三月九日・土曜〔※1〕【天氣】晴後雨**

日中は暖かくなると思って居たが、案外暖かくならない。それどころか、午後、定時頃より雨降り出す。身は寒さを感じる。今日は六台出来、定時で帰らうと思ったら、組長さんが赦してくれない。一寸腹が立った。しかし、じっとこらへて、とう〳〵二残までやった。生産二台半。国安さんより便りある、何か品物を送ると、さて…一体何だらう。楽しみ、待ちませう。

【受信】国安婦意子
〔※1〕実際は金曜。

**三月十日・日曜〔※1〕【天氣】晴**

今日は定時間日。帰りに調整へ寄る。武内さん出て来らる。…今日外泊すと云ふ、私も帰りたくなる。…鈴木さんと急ぎて帰る。火鉢出る。夜点呼後、夜間退避訓練ある。皆良くやってくれた。明日は楽しみに待ちゝし、休み。ゆっくり休まふ。早くね、入浴もせず。

〔※1〕実際は土曜。

**三月十一日・月曜〔※1〕【天氣】晴**

起床五分前で飛び起きた。あゝ今日は休みだ。何か知ら、のんきな気持。二班は浴場の掃除、皆良くやってくれた。書食前迄、鈴木さんと洗濯をする。気持が良い。午後、足袋の繕ぎものなどヲする。舛田さん、渡辺さん達は皆外出した。志本さんと二人で留守番をした。家へ便りを書く。三時、あま酒ある。大根を漬けて食べ美味かった。夜、重岡さん帰り、餅とむすび、栗を土産に持って来て下さった。とても美味しかった。あゝ家が想い出される。今夜も早くねよう。

〔※1〕実際は日曜。

**三月十二日・火曜〔※1〕【天氣】晴**

大分、暖かく感じる。午前は支持座が無い為、ブリキの穴開けや穴ずりなどをする。午後一台早く出来上った。今日二台送る。そして三個つけかけにする。帰り橋本さんに会ひ、又、引返して鈴木さんの所へ行く。彼女は事ム所へ行って居なかった。帰るのを待って一緒に帰る。夜、ハガキの配給を貰いに行く（二四二枚）。映画上映中なり。ニュース、漫画、〝九段の母〟あり、さあ私も行かうかナ…。皆行ってしまって自分一人、やっぱり淋しいわ。今日友の便りは来ず。帰舎の途中、なつかしい上田の愛ちゃん〔※2〕にばったり出会った。

〔※1〕実際は月曜。
〔※2〕上田愛子（砲熕部　薬莢工場）のこと。

**三月十三日・水曜〔※1〕　【天氣】晴**

夕べのハガキの配給を済ました。今夜は事ム所に点呼後行った。二班が八室迄になった。そして自分も二班の一室へ行けと云はれ、何とも云へず情なかった。だが変わるまいと返事もろくに出来なかった。入浴もせずに早くねる。と間もなく空□警法〔※2〕に入る。モンペをはき、そのまゝねる。間もなく開除〔※3〕になる。

【豫記】ハガキ代　12

〔※1〕実際は火曜。
〔※2〕□はアキ。空襲警報ヵ。
〔※3〕解除のこと。

**三月十四日・木曜〔※1〕　【天氣】曇**

組長さんに班長を止める様な手續を取って貰ふ様に願ふけど、髙山少尉が夜勤の為、駄目になる。定時で上り、鈴木さん、橋本さんと街へ行き、中尾を〔※2〕寄る。帰り、事ム所に寄ばれ、又、部屋を変わる様云はれる。で又もか…心臓〔※3〕を出し中本舎監に頼んだけど、やっぱり駄目だった。とう〱一室へ行かなければならない。身を切るよりも辛い、しかし致し方無い。私も我ままだったのだ。つまらない人間を、何故班長なんかにしたのだらう?。考へてもわからない。あゝ…今夜限りでこの部屋、友の顔、何も彼もお別れだ。思へば面白かった七ヶ月。その楽しい生活も、いざさらばだらうか？　神よ、どこまでも我身を守り給へ…。

【受信】山田みね子

〔※1〕実際は水曜。
〔※2〕「を」は「に」の誤記だろう。「中尾」とは二月十八日に見える近くにあった「中尾食堂」と思われる。
〔※3〕「心臓」の言葉を「勇気」程度で使用ヵ。

**三月十五日・金曜〔※1〕　【天氣】晴**

雨降る為、各個出動。しかし、いつか晴れてしまった。仕事をのんきにした。一日中、寮の部屋の事ばかり考へ、頭から、のかなかった。しかしやっぱり、変らなければならない。一残〔※2〕でぬけて帰り支度をした。渡辺さんと石光さんに手傳って貰って行った。なか〳〵いゝ人の様嬉しい。双葉で〝水兵さん〟の映画〔※3〕がある。今夜は元の部屋でねる事にする。やっぱり落つかない気がする。

〔※1〕実際は木曜。
〔※2〕「一残」は「一時間残業」。
〔※3〕昭和十九年五月に戦意高揚を目的に公開された松竹映画。

**三月十六日・土曜〔※1〕　【天氣】晴**

朝から身体の具合が悪く辛かった。いっそ仕事はかどらず、二台と三個とは情ない。組長さんが二十日から休暇があると云って来られ、とび上がる程嬉しかった。あゝ後もう三日で家へ帰れる。家の者きっとびっくりするだらう。一日中、身体が寒し。寮へ帰れば〝風呂無し〟と大字してある。つまらないナ…。班内の電球及びコップを集める。

〔※1〕実際は金曜。

**三月十七日・日曜〔※1〕　【天氣】晴**

昨日と同じく身体悪し、熱がある様。相変わらず仕事が出来ず。やっと定時迄に二台やる事ができた。えらいけど町へ出る。宮川さん、ひよいと出合ふ。髪はパーマにし、大分変わって居る、綺麗になって居る。そこで渡部さんにも一緒になり皆で楽しく語り乍ら帰る。風冷たし、帰舎五時前。二室へ行ってねころんだ。どうしてこうえらいのだらう。顔ばかり燃える。点呼後、ボックス室内の検査ある。あゝもう後二日で家に帰れる。嬉しい限り。帰ってからの空想をえがく。

〔※1〕実際は土曜。

**三月十八日・月曜〔※1〕　【天氣】晴**

春の名残の雪ちら〳〵と降りしきる。警防中にてかけ足にて出動。朝礼後、突然空□〔※2〕に入る。防護隊にていろ〳〵準備する。自分達だけゴウに入って居ると宮本中尉、寄びに来らる。大ハジとはこれ如何に。寒さにふるへ仕事が出来無い。今朝四時から四回の警防發令、さて今晩は敵機動部隊九州へ来る。徳山、大島にも来たとの事。明日は帰れるか、それが心配だ。夕夜の室内検査結果、一室、六室（共に九〇点）。四班、二班、三班、一班の成績順位。

〔※1〕実際は日曜。
〔※2〕□は空白になっているが、「空襲」であろう。

三月十九日・火曜〔※1〕　【天氣】晴　【3時〔※2〕】

今朝は食事、蒸気が来ない為出来ず。六時半頃より舎を出、白石舎へ行って済まし、急いで行く途中、空しゅうに入る。今日も四回。いよ〱敵機、上空に来る。海軍さんの撃たれる高射砲〔※3〕の音、耳が聞こえなくなった様。機を始めて見、にくい事この上ない。毛布を頭からかぶり、じっとして敵機の逃るのを待つ。

森尾工長、なか〱面白い。

〔※1〕実際は月曜。
〔※2〕「3時」は残業時間の記録と思われる。
〔※3〕高射砲は水雷部近くで撃たれたと思われる。

三月二十日・水曜〔※1〕　【天氣】雨後曇　【寒暖】3時

光井門を入り警戒入るがすぐとける。今日も又、来るだらうかと思って居た。敵機もどうしたのか一日中とう〱来なかった。とても気がのんきだった。今日も三時間残業である。とう〱今日帰して貰へない。残念でたまらない。何時になったら帰れるだらうか？

〔※1〕実際は火曜。

三月二十一日・木曜〔※1〕　【天氣】晴曇　【寒暖】定

彼岸の中日と云ふのに何と肌寒を感ずるではないか。一体何時になったら暖かくなるのだらう。今日は組長さんが休暇を貰って帰られ、とてものんきだ。定時迄、二台仕上る。工場を出たら又も雨ポツ〱と落はじめる。丁度、渡部さんが傘をさして呼んでくれた。直ぐ行き一緒に帰る。早く帰っても何をすると云ふ事も無く、唯ポカンとして居た。体重をはかられ四六・二kgしかないのには自分ながらびっくりした。情けなくてしかたがない。敵機動部隊は一時、南方の方へ逃げ、又修理、休息して再び来るであらう。今日も一日無事すぎた。

【發信】新聞代70

〔※1〕実際は水曜。

三月二十二日・金曜〔※1〕　【天氣】雨　【寒暖】2

今日も雨ポツ〱と落ちる。組長さん今日もお休み、午後になって来られた。飾つきのピン留め八つ買って来られ、女工員へ、くじ引にて上げられた。なか〱面白い。硫黄島いよ〱玉砕せりと聞く〔※2〕。残念でたまらない。苦闘をつゞけられた勇士達、おもへば唯、頭が下るのみ、胸が熱くなる。さあ頑張らなくてはならない。神様、我日本国土をどこ迄も、お護り下さいませ、と云ひたい。帰り雨ひどくなる。鈴木さんと帰る。

〔※1〕実際は木曜。
〔※2〕小笠原諸島の南方にある硫黄島に二月十九日に米軍が上陸して以来、栗林忠道中将率いる日本陸海軍将兵と死闘を続けていた。三月二十二日付の『朝日新聞』は「硫黄島遂に敵手へ」と題し、最後の総攻撃に際しての栗林中将の最後の電報、「執拗なる敵の猛攻に将兵相次いで斃れ為に御期待に反し、この要地を敵手に委ぬるのやむなきに至れるは誠に恐懼に堪へず」という文言を公開している。

**三月二十三日・土曜〔※1〕　【天氣】晴　【寒暖】2**

夕べも雨が降ったらしい。朝、曇は東へ東へと走って行く。今日は日和になるであらう。ボート植込出来ず、のんきだった。一台半仕上る。今日も二残で帰った。映画があるので食事も早かった。〝緑の大地〟〔※2〕さあ、今夜は久しぶりに見物しやう。少しはのんきに気を晴らさなくては、本当に病気になってしまひそうだ。待避訓練三回ある。今度の壕〔※3〕はとても天井低く息がつまりそうだ。前の壕とは大いした違いだ。鈴木さん、弘中さんから便りを受取り、とても嬉しそうだ。自分も何處からかまよいこんで来ないかナ…。

昔、丸山さんから便りを貰って居た頃を思い出せる。

【豫記】映画（緑の大地）
〔※1〕実際は金曜。
〔※2〕昭和十七年四月に封切られた国策映画。
〔※3〕地面を掘って造った防空壕のこと。

**三月二十四日・日曜〔※1〕　【天氣】晴**

あゝ今日一日で明日は休みだ。朝二回目の流かん注射に行く。午前の仕事を終ったら腕とても痛い。前にはこんなには無かったのに。晝は五目飯。菜の大根漬物。舎では又ご馳走、肉飯。美味しかった。定時で帰り作業服を洗濯した。久保さん家に帰ると云って室積迄行ったけど、船来ずと云ひ逆もどりした。入浴無し。今夜は重岡さんもとまりに来る。又、志本さんは森重さんのとこへ行く。皆、里帰りだと云って笑った。今夜は面白い馬鹿話はずんだ。

【受信】本藤道江
〔※1〕実際は土曜。

三月二十五日・月曜〔※1〕【天氣】晴【寒暖】休

楽しみに待った全休日。大掃除、二班外庭。とても暖かい日和で嬉しい。晝食ニナータべった〔※2〕(米田さんに貰う)。午後、鈴木、志本、橋本さんと野原に行く、中尾休んで居た。公用へ行き、だんご、カレーかけ。二計二円。その食堂たるや、箸がないのにはびっくりした、考へた末、皆でピン止でかき込んだ、美味しくも無いのが、どこへどう入ったかわからない。西本和一さん面会に来ておられた。やっぱりなつかしい。安ちゃんも元気、良い娘になって居る。原田ツーちゃん一明日、二度目の出征とか…。金永の信ちゃんも海軍とか…、もう男は居ない。さあ私達頑張らなくては。

【發信】■■100〔※3〕
ハブラシ30

〔※1〕実際は日曜。
〔※2〕「ニナ貝を食べた」の意ヵ。
〔※3〕解読不能文字。

三月二十六日・火曜〔※1〕【天氣】晴

暖かい良い日和であった。想い出す故郷の山河。なつかしの友の顔が目に浮ぶ。帰り道、よもぎを摘みたいと云ったら、池田さん達、摘みたいのやら食べたいのやら、わかるまいと云って笑ひこけた。今朝、今西さん召集が来たと云われる。びっくりした、うそではないかと思ったけど、赤紙を見せられ、あゝ本当だと思ひ、情け無い気もした。後の組長さん、森學生とは又びっくり。さてどんなであらう。晝食堂で石丸の子供、ことづけ物を持って来たと云って、持って来てくれた。

【發信】新聞代80銭

〔※1〕実際は月曜。

三月二十七日・水曜〔※1〕【天氣】晴

朝、一時、警防入る。晝も入れり。今にも来る様子であったが来なかった。生産五台。敵、沖縄に上陸せり。にくき敵どうしてくれる。今にみろ、やつけてやるぞ、さあ頑張らう。我には唯生産一路あるのみ。退舎して防空頭巾を縫ふ。十一時、警防。二班支度をし修養室にて待期す。開除になり、室に帰りねる。

〔※1〕実際は火曜。

三月二十八日・木曜〔※1〕【天氣】晴【寒暖】定

今日はとても暖かい春らしき良い天気。身体だるくねむい。午前十時頃、警戒に入れど〔※2〕、すぐにとける。舎に帰り、又入れど開除になる。防火班なか〳〵辛い。外の消火栓の使用法を西本さんより習ふ。午後、団体訓練、女工は石をひろい集める。給料二八円一二銭〔※3〕と云ふ大金なり。組長さん召集開除になる。主任が心配された由。学徒動員の卒業式あり。晝食、赤飯。

〔※1〕実際は水曜。
〔※2〕飛来した米軍機は攻撃ワークシートを作るための写真偵察機F13であろう。『アメリカが記録した山口県の空襲』(41p)によると光市上空を通過している。ワークシートは8月14日の空爆用で使用(『光海軍工廠秘史　概説』)
〔※3〕テルは「銭」を略して右側の旁(つくり)だけを書いているが、ここでは正しい表記にしている。

三月二十九日・金曜〔※1〕【天氣】晴

朝、食事済み直ぐ警防あれど、二十分位にて開除する。今頃は何故か知ら心は落ちつかず、いろ〳〵考へ、病気になりさうだ。やっぱり帰りたいのが頭からのかない、どうしてこんなに帰りたくなったのか。自分と云ふ人間が嫌になる。も少し本気にならなくては…と心にむち打てど…。死…と云ふ事を考へると、やっぱり一度、家の者に合っておきたい。そうだ、それ程迄私達の目の前に死は迫って居るのだ。〝死は最大の幸福なり〟そうだ、喜んで死にのぞまなくてはならない。何の心残りもない。私には待って居てくれる一番やさしい、母〔※2〕、そして、強くやさしい、兄〔※3〕が居るのだ。いつの日にか、合まみへん〔※4〕。今晩はさて、お客様は?…。

〔※1〕実際は木曜。
〔※2〕岩脇ハルのこと。昭和一四年二月一二日没。
〔※3〕岩脇清のこと。昭和一二年一一月七日に二八歳で戦死。
〔※4〕天国で会うという意味。

三月三十日・土曜〔※1〕【天氣】晴

組長さん来られず、男子も居ない。朝礼の点呼報告。池田さん、とう〳〵私にやれと云ふ。差迫った由、トーチカを出しやってのけた。夜の点呼は違い、さすが宮本中尉の姿が前にある、やっぱりふるへそうだった。今日は空がひどいと工廠長いろ〳〵訓話されたが一日中とう〳〵は来なかった。汗が出る程、暖かゝった。流脳注射、最後の分を受けに行く。夜、帰り、姉〔※2〕から便りあり嬉しかった、佗枝〔※3〕も早や起て居るとの事、嬉しい。岩倉には中野に疎開されて来たとか、姉も大変だらう。あゝ一度だけ、もう一度だけ家に帰って来たい。神様どうぞ、その機会をおあたへ下さいませ。照子〔※4〕の一生のねがひ…。故郷の人々よ、安らかに眠れ…。

【發信】会費十五銭。岩倉姉〔※2〕へ大道より。

〔※1〕実際は金曜。
〔※2〕岩脇キヌのこと。
〔※3〕（さかえ）は姉・岩脇キヌの子。
〔※4〕岩脇テルのこと。

**三月三十一日・日曜〔※1〕【天氣】晴　【寒暖】定**

今朝から足袋をはくことを止めた。それでも午後は足がもえる。寒いと云って居たのは、つい此の前の様だったが、今日あたりはもう、暖かいと云ふより、暑いと云う方が適当になった。晝食後、帰りに渡辺さんと河原さんと会ひ、海へ出ると志村さんも出て来た、四人で四方山の話をしながら、波ぎは迄出た。同じ三々五々の男・女が楽しさうに、私達と同じ様に晝休みの一時を過ごして居た。定時で鈴木さん、重岡さんと町へ出る。何も無い。松本さん達と一緒になり、のりをわけて頂く。橋本さんのお母さん、面会に来て居られる。当人のスミエさん遊びに行き帰って来ない。気毒に思ふ。河原さん、長谷川さん、河口さん外泊する。羨ましい。

【發信】海苔1,0円
【受信】時計バンド1,30
〔※1〕実際は土曜。

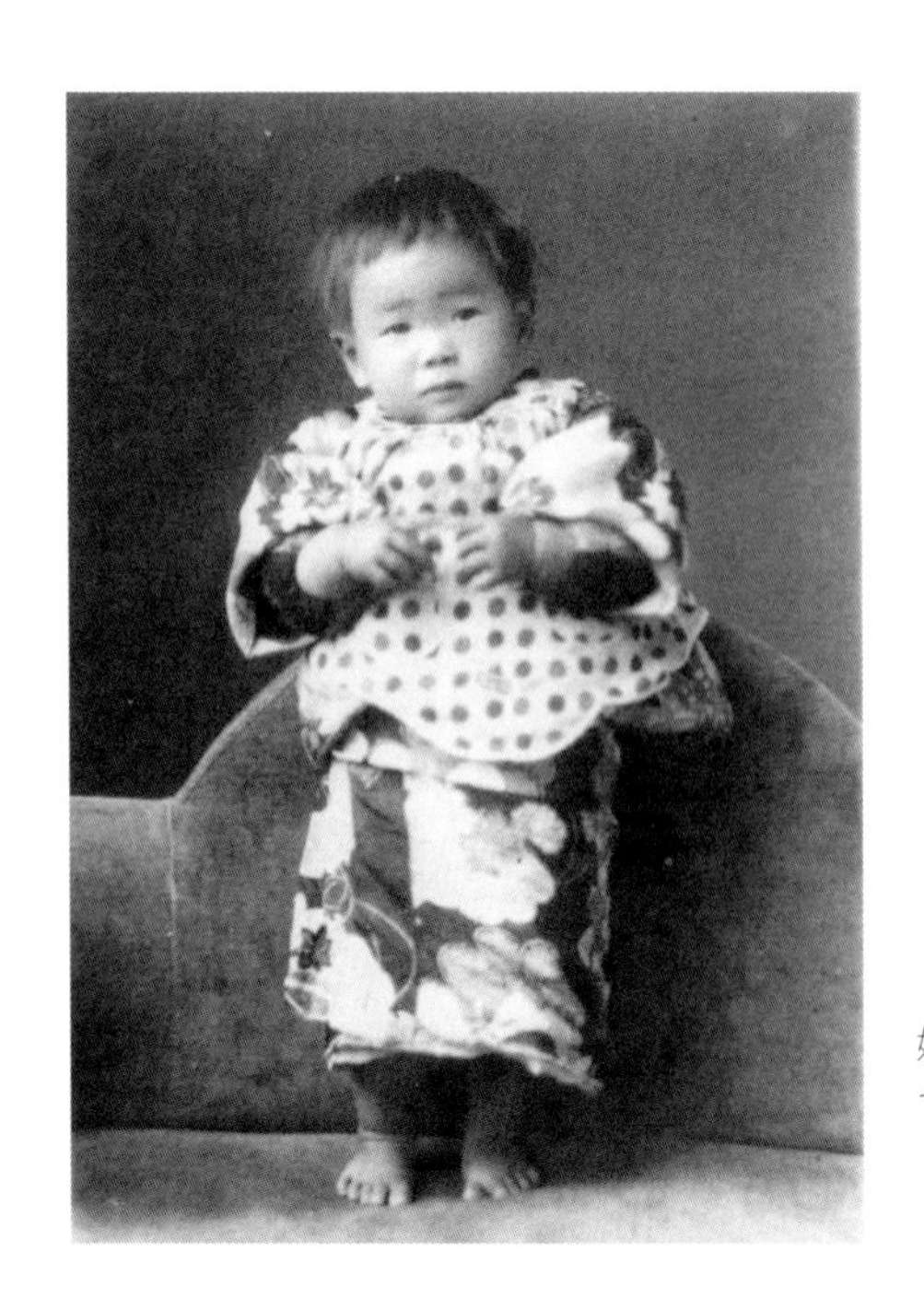

姉・岩脇キヌの子で3歳の佗枝（橋本紀夫氏蔵）

【四　月摘要録】

貴様と俺とは同期の桜　同じ潜校〈※1〉の庭に咲く　血肉分けたる仲ではないが　何故か気が合ふて別れられぬ
貴様〳〵　同じ潜校〈※1〉の枝に咲く　咲いた花なら散るのは覚悟　見事散りませう国のため
〳〵　別れ別れにならうとも　花の都の靖国神社
春の梢に咲いて逢ふ

〈※1〉「四月摘要録」の頁は、四月のスケジュールの概要を書く場所だが、『同期の桜』の歌詞を書きつけている。なお、「兵学校」が正しいが、光海軍工廠にいたテルは、潜水学校の略称「潜校」を記している。

**四月一日・月曜〈※1〉　【天氣】晴　【寒暖】定**

いよ〳〵春四月だ。早やこゝに来て再び春は巡って来たれども…。私の人生の春は如何にせん?。寒い冬より抜け出け出て、この世のすべての物が希望を持って、目さめる春…。しかし私には何の希望があるのか…。朝礼迄に沖に出、この世に生れ始めて、海苔と云ふものを見た。少しば（かり〈※2〉取って帰る。定時間より帰り、食事が済み、鈴木さんと天神様〈※3〉へ参拝する。おみくじ（山野にて夕立に逢ふが如し）宮を一巡し、下に下りる。桜の枝を一枝、手折って帰る。その岡に皆で腰を下ろし、中本さんのハーモニカにて合唱する。楽しい限りだ。渡辺さんと笹近さん。舛田さんと中本さん、志本さんと森重さん、自分と鈴木さん、それ〴〵の語りある。小野君代さん、いゝ人と参って来た。なか〳〵やるなと思ふ。我々もあんな日がもう一度来ればいゝ。お客様も夕べからなく、楽しき一日であった。

〈※1〉実際は日曜。
〈※2〉（か）を補足。
〈※3〉近くの冠天満宮のこと。

**四月二日・火曜〈※1〉　【天氣】晴　【寒暖】二**

朝、鈴木さんと海に出て海苔を我を忘れて取った。ボートこぎながらこちらの岸へ急ぎ来る海軍さん。二舟、乗せて頂きたい。生産の年度変り、新しい気分に燃えて、働かねばならぬ。四月の目標、二〇〇台。頑張らなくては出来る事ではない。今日、国安さんから便りが来て居た。あゝ写眞が待ち遠しい。やっぱり私を忘れてくれない国安さん、嬉しい、なつかしい。一度会って心ゆく迄、話しがしてみたい。

〈※1〉実際は月曜。

四月三日・水曜〔※1〕　【天氣】晴　【寒暖】2

今朝又、霧深く、補機工場も、海の彼方の祝島もちっとも見へない。皆、頭の髪に水玉がついた、こんな霧を見るのは始め（て）〔※2〕だ。組長さん、沖本さんの家に行かれ、二残にも〔※3〕帰られない。午後、身体、えらい。生産二台半。新聞を取るのに、くじを引き、あたらない。

〔※1〕実際は火曜。
〔※2〕（て）を補足。
〔※3〕「二時間残業した時点でも」の意。

四月四日・木曜〔※1〕　【天氣】晴　【寒暖】定

定時日、鈴木さん、石田技手の家へ、見舞いに行く為、鈴木さんと友達の河口さんと云ふ人と一緒に帰る。若いがなか〱良く話される、面白い。〝花の名を教へて歩く春の道〟なんて事を教へられた。石田技手の奥さん、流産されたとか可哀そうだ。男の子だったとは、尚さら。食後、前田部員の衛生講話があった。

〔※1〕実際は水曜。

四月五日・金曜〔※1〕　【天氣】晴

何故だか今朝はとても手足が冷たい。又冬に舞いもどった様だ。夕べの桃の枝を持って行き、バイス〔※2〕に生けた。工場のあちらこちらに花がきれいに生けられてある。あゝやっぱり春だ。家の廻りに植えてある数々の花も、やっぱり、この同じ春を喜びたゝへて居るだらう…。それも見る事が出来ない私。…花は私を待って居るに違ひない。今日は仕事なく、ぶら〱した。午後よりボツ〱始める。池永さん、小野さんは食堂に行き、とう〱残業迄帰って来ない。のんきなのにはあきれた。今夜、映画（文化）〝明るい街〟〝肉弾挺身隊〟〔※3〕

【豫記】映画　文化　明るい街〝肉弾挺身隊〟〔※3〕

〔※1〕実際は木曜。
〔※2〕「バイス」は工廠内なので「万力」のことであろうか。五月二十六日にも「バイス」の表記があるが、詳細は不明。
〔※3〕昭和十九年九月に封切られた映画。

四月六日・土曜〔※1〕　【天氣】晴

今日も風が少々冷たい。光の天候は実際、大テンプラ〔※2〕である。生産三台、なか〱良くついてくれた。B29二回も光上空を飛び去って行った。にくい。その時、俄に〔※

3〕退避が發令されたが、その時には敵はすでに逃げ去った後だった。宮本中尉、夕べより、お気に入りの福永さんを連れ東京へ出張された。ご無事でお帰りになる事を一心に祈る。作業服の洗濯をした。

〔※1〕実際は金曜。
〔※2〕ここでは天気予報が大きく違っていたという意味。
〔※3〕読みは「にわかに」。

**四月七日・日曜〔※1〕【天氣】晴**

今朝は風がとても強い（の）〔※2〕で出勤の際かけ足で行く。青年隊、暁天〔※3〕行事あり、交通整理あり。グリスを松本さんが出し、皆で手に付けたまでは良かったが、筒井さんが私の顔にぬろうとしていろ〳〵さわぎ、面白いやら、はがゆいやら、後には豆をからかうたので、やると出してくれた。まるで子供をからかって居る様だ。池永さん休みを貰い帰る（三日）。明日は全休日だが、私は出勤。今日生産、合計（四台）。双葉で演藝あり皆行く。二班で十三人。作業ズボン、モンペを洗濯、髪を洗ふ。橋本さん、萩より橙送って来、荷物をといて、美味しい。

〔※1〕実際は土曜。
〔※2〕（の）を補足。
〔※3〕「明けがた」のこと。

**四月八日・月曜〔※1〕【天氣】雨後晴**

全休日であったけど、今西組、仁井谷組は出勤であった。春雨のそぼ〳〵降る中を出て行った。工場はしんとして静かである。皆、眞面目に働いて居る。自分一人であった。生産（三台）。寮で辨当を作って貰い、書はメーター完全にやった〔※2〕。終りには美味しくなかった、晩までお腹が空かない。定時頃から日和が良くなった。工場より帰舎して見たら原田の一夫さん〔※3〕から便り来て居、なつかしく、嬉しさはかくし切れなかった。写眞も送って下さるとか、あゝ待ち遠しい。明日から一週間したら休みだ、さあ頑張らう。一夫さんの御健勝祈りつゝ、ペンをおく。

【豫記】足袋、タオル配〔※4〕
四室　足袋　高瀬
二室　タオル
五室　足袋
一室　タオル　河原

〔※1〕実際は日曜。
〔※2〕意味不明。
〔※3〕原田一夫は二月九日に佐山の実家に帰宅した際に会い、二月二十三日には手紙が届き、「とび上がる程嬉しかった」とテルは書いていた。四月八日にも手紙が届き喜ぶが、中原正直の出征（二月七日）後は、同郷の原田一夫にも恋心を抱き始めていた雰囲気も伺える。

〔※4〕「配給」の意味ヵ。

**四月九日・火曜〔※1〕【天氣】雨**

曇り勝であった空も何時か知ら雨になって居た。支持座、良くついて呉れた（三台）。小野さん一台、も少し本気になってくれゝばいいのにとはがゆかった。池永さん、今頃は良い事をして居られるだらう。あゝ私も延期休暇が貰って帰って来たい。親子と最後の対面を…。今日晝、まぜめし也り（くぢら、大根、豆粕、椎茸）。住田さん、ボケの花を持って来て呉れた、風呂敷につゝんで…。

〔※1〕実際は月曜。

**四月十日・水曜〔※1〕【天氣】雨**

出勤の途上、青年隊の思い出話に花が咲く。あの八月の角力大会の…酒保のアメ湯、中原さん〔※2〕の事を想はれる。今朝は高山少尉の御気（分）〔※3〕がとても悪い、何故かわからなぬ〔※4〕。生産（三台と三個）、小野さん（二台）、小野さん定時で帰る。帰舎のときは雨が降らぬが空はやっぱり曇って居、鈴木さんと語りつゝ舎につく。今日、米田さんのお父さん召集来る。主任帰さぬと云って私の所へ泣いて云ふ来られるのには気の毒に思ふ。あゝ兄〔※5〕は来ないだらうか?…。

〔※1〕実際は火曜。
〔※2〕二月七日の出征以来、音信不通の中原正直のこと。
〔※3〕（分）を補足。
〔※4〕正しくは「わからぬ」。
〔※5〕岩脇章のこと。

**四月十一日・木曜〔※1〕【天氣】晴**

夕べ、小原さんより、お目玉を頂戴したのがまだ、頭よりのかず、一日中、一人気をもみ悩んだ。しかし考へて見れば自分が悪いのだ…。今夜はどう云って元の部屋から布團を持って帰ろうか…。点呼前、行った所、やっぱりこゝで寫る〔※2〕様に云ふ。あゝ切ない思ひ…。定時より鈴木さん、橋本さんと石田技手の官舎へ行く。そしてお嬢さんを連れて帰る。食事後又連れて行く。丁度、石田技手帰られる。大好きだ。工廠長の官舎とても良い。一度あんな家に住んで見たい。食事 寿司、(カマボコ)、ツハブキ、椎茸。

〈※1〉実際は水曜。

〈※2〉「寫る」は「移る」の当て字。

四月十二日・金曜〈※1〉 【天氣】晴

夕べ、ツヽジの花を八室の人がプレゼントにくれた。朝、出勤し直ぐ竹筒に投入れた。弘田さん達、朝も書も二時半の休にも、海の海苔を取りに出る。池永さん昨日帰られ、今日は相変らず一時間、早出をして居られる。本当に良く精出される人である。工事班の福永さん集召〈※2〉され、元気に征かれた。本当に面白い人だった…。帰舎の時、光寮へ鈴木さんに行って上げる。なつかし思い出の寮、昔のまゝに変らぬ良い寮。あのレコード、やさしい勤ム員、やっぱりい丶、羨ましい。光寮を出て重岡さんに会ふ。何故か今頃はつんとして居る、あゝそれも皆、私がつまらないからだ。国安さんからのなつかしいお便りを拝見す。(生産)(八台)、自分三台。

〈※1〉実際は木曜。

〈※2〉「招集」の誤り。

四月十三日・土曜〈※1〉 【天氣】晴

九時四十分より、気室工場全食堂に於いて種痘を行ふ。時に警防發令中也。敵B29飛行、曇を引いて、我光の上空を過ぎ去り。何處迄か行って又、来た方向へ帰る。にくい事、この上無い。昨日、池永さんよりお土産頂く。シラス、イカ(二匹)、夏ミカン(一コ)。鈴木さんより卵一コ、焼芋四コ(輪切)。昨日、光寮に行って友達が言傳って帰られし物。今夜はとうく、あのなつかしの部屋を出て此の一室へねる事にする。何とも言へぬ物淋しい心、あゝその心、誰が知ってくれ様。床に入れどねつかれ無い。

〈※1〉実際は金曜。

四月十四日・日曜〈※1〉 【天氣】晴

朝、ふと目がさめて見るととても寒い。あゝ夕べは一人が寝たのだった。外を見ればもううす明るくなって居る。他人の家にねた様で、気が落着かない。今日は定時間かと思っていたら、以外にも二残を命ぜられた。何かしら腕が痛く、身体だるく仕事はかどらない。生産(二台)、計六台也。寮へ帰ったら、あま酒あり。又、魚めしとは嬉しいではないか。いずれも美味しい。鈴木さん、島田へ行き、点呼後、帰ってくる。橋本さんと一緒に風呂に入る。部屋の長谷川さん、江原さん外泊さる。あゝ明日は代休日、気がのんきだ。

【豫記】㊏〔※1〕　2残〔※2〕

〔※1〕実際は土曜。

〔※2〕二時間残業の意味だろうが、通常の【寒暖】の欄ではなく、【豫記】の欄に記録している。

**四月十五日・月曜〔※1〕　【天氣】晴**

三週間も綬勤務した。今日は楽しい代休日。だがやっぱり朝寝坊は出来無い。七時より、八人で洗面所のお掃除をする。小谷さんと洗濯する。なか〱良く話す人好きな人だ。お兄さん、姉さんの話も聞かして呉れる。渡辺さんと贖書する。自分の部屋で渡辺さん洗濯に行ってより、ボックスの整理する。書食、今日はとてもやかましい。小原さんお婆ちゃん、外出者の食事、全とらせない。暫くし、よもぎつみに引っ張り出された。小谷、笹近、渡辺さんと皆よりはなれて摘み歩く、風呂敷一ぱい。帰り途、寮母さん、谷さんと四つ葉のクローバーも探し求めた。しかし最後はとう〱幸福は誰の上にも訪づれて来なかった。途物をした、舛田さん、六時頃にはもう帰られた。家に二時間位しか居なかったそうだ。休みの一日もとう〱すぎてしまった。

【發信】八日

【受信】色紙40銭

〔※1〕実際は日曜。

**四月一六日・火曜〔※1〕　【天氣】晴**

今日から、又、頑張らなくてはならない。二週間。昨日、池永さん達は何をしたのか、いっそ仕事はして居ない。帰舎して見、峰ちゃんからの、厚い〱便りあり、嬉しさ此の上ない。封を切って見れば、これ如何になつかしい峰子さんの晴姿…抱きしめて泣きたい様。あゝやっぱりもう娘ではない峰子さんのタイプ、奥様らしい。あゝ私と比べ何と差のある事ではないか？　区隊長、病気にて休んで居らる、熱四十度、あるとか。工廠よりタクシーで帰られし由。角井さん、胸膜炎になられ、明日より三週間、休養となられた。可哀さうだ。

あゝ私にもっと気を強く持たねば…。

【發信】原田一夫　西本みね子

【受信】西本峰子　写眞在中

〔※1〕実際は月曜。

**四月一七日・水曜〔※1〕　【天氣】晴**

出勤の際、白桃を田中公子さんに頂戴した。今西さん、とても花好き、ほゝずりしないばかりにして見て居らる。工廠のお晝、どんな事か知らねども、巻き寿司一本半、と云ふご馳走。その寿司たるや、とても美味しかった。入廠以来のご馳走である。夜、映画〝海の虎〟〔※2〕文化映画ある。髪を洗ふ。鈴木さん、今夜、島田へ行く。明日から五日間外泊する。十円金を貸す。

【豫記】映画〝海の虎〟

〔※1〕実際は火曜。
〔※2〕昭和二十年二月に公開された陸軍船舶兵士の奉公精神を描いた大映映画。

**四月十八日・木曜〔※1〕　【天氣】晴**

夜、チリ紙、石けんの配給ある。
一人、十四銭（百枚余り）。
石けん五個（一室、二、三、七、八室）へやる。
一室（河原房子）。
点呼後、班長会議ある。
才一区修養室に於いて、（中本舎監）出席。二十二日の全休日に岩田の岩木山へ登山する事について、お話ある。なか〳〵良い所で、霊地である。神様がお住ひになったとか。いろ〳〵傳説の深い山だそうだ。新入舎生、一人 二室へ入る。

【發信】チリ紙 14銭

〔※1〕実際は水曜。

**四月十九日・金曜〔※1〕　【天氣】雨後曇**

夜明け方、目が覺めて見ると外は雨しきりと降って居る。身体だるく、胸はえらく、ね苦しい。ずい分ひどい雨だった。ボート植込間に合はず。生産（二台）。計七台。今朝、弘田さん、六室に入った。長峰さんの事を話しだしたので、私がおこったら一日中、自分に話をしない。朝から気分をこわしたけど、弘田さんもあんまりだ。

〔※1〕実際は木曜。

**四月二十日・土曜〔※1〕　【天氣】曇**

又、光特有の天候か。今日は春と云ふのに朝から晩まで、肌寒く感じた。生産二台半。二十二日の岩木山登山者、二班、一人も無し。弘田さんと一言も交はさない。今日も一日、平凡な日であった。

便り一コも来ず、淋しい。

【發信】西本みね子　国安婦意子

〔※1〕実際は金曜。

**四月二十一日・日曜〔※1〕　【天氣】晴**

朝食後、直ぐ警戒に入る。一度は空□〔※2〕になれど開除となる。今日は度々、警防〔※3〕に入れど、その都度直ぐ開除となる。仕事無くのんきに定時迄送る。　十一時迄、池永さんとブリキを取りに行く。油を賣って帰る。外泊者多く、自分も帰りたく気が参りそうだ。姉〔※4〕から久し振り、便りあったと思ったら、姉の手が神經痛で、うごかないとの事。自分は頭がぐら〱する。あゝ、まゝならぬ世。父〔※5〕や兄〔※6〕、さぞ困って居るだらう。今にも飛んで帰りて心配してやりたいけど、かごの鳥ではどうする事も出来ない。

【豫記】食後、天神様へ参る。後に山に登って見る。海軍さんと信号すれど分からない。若き男女の参拝あり。おみくじ引く。勤ム員の■■さんに、■■■■を頂く〔※7〕。

【受信】岩倉姉〔※4〕

〔※1〕実際は土曜。

〔※2〕三月十三日の日記で「空□警法」（□はアキ）と記している。ここでも「空襲警報」の意味で「空襲」と書こうとしたものヵ。

〔※3〕四月十三日の「警防發令」と同じ意味ヵ。

〔※4〕上野サキのこと。

〔※5〕岩脇久右エ門のこと。

〔※6〕義兄の岩脇章のこと。

〔※7〕解読不能文字。

**四月二十二日・月曜〔※1〕　【天氣】晴**

全休日なれど、自分は出勤。仕事無く、土方をしたり菜を間引いたり、油ばかり賣った。九時頃、特攻隊の出港を拝見した。菊水〔※2〕の旗を立て小舟にて潜水艦〔※3〕まで行く途中、あの萬才々の声、今尚耳の底に残る。短刀をかざし、元気に征かれし若き特攻隊、―あゝ幾時間の生命か？…見送る人も心中は如何ばかりか…。あの山〔※4〕の陰にかくれる迄、皆で見送る。立派なお手柄を祈りつゝ。感謝の誠つきず。

〔※1〕実際は日曜。

〔※2〕『回想の譜　光海軍工廠』（四十八頁）に「光基地出撃の天武隊伊36潜（S20.4.22光沖）八木中尉の姿も艦上の回天の上にある」とキャプション付きの写真が掲載されているのが、このときのものだろう。したがって菊水隊ではなく天武隊の出撃であった。ただし、菊水隊の旗もあったとも考えられる。『ああ回天写真集』（二十六頁）にも、出撃時の天武隊員の写真が掲載されている。
〔※3〕伊号第三六潜水艦（伊36）。
〔※4〕光海軍工廠の沖に浮かぶ大水無瀬島のこと。潜水艦は燃料補給の為、徳山に向った。

**四月二十三日・火曜〔※1〕　【天氣】曇**

今日も相変らず仕事ない。海野さん、池永さんと山本組に手傳いに行く。朝礼後、女工員で機械に希望者は申込めと森尾技手の話があり。今西組より（五名）申込み全部行く事に定まる、（中村、庄原、弘田、松本、常森）、組長さんに一言も相談せずに定めて、今西さん、とても御気〔※2〕が悪い。それも当り前だ、松本さん達、何故あんなにも考へが無いのだらう。常森さん迄、引っ張って行ってしまって…。後で泣いたとて何の役に立たう。代わりとして徳女〔※3〕五名頂いた。夜、小野田より挺身隊十八名来る。二班に五名入室、自分の部屋に清水さんを迎へる。

〔※1〕実際は月曜。
〔※2〕「御機嫌」の略ヵ。
〔※3〕山口県立徳山高等女学校。

**四月二十四日・水曜〔※1〕　【天氣】晴**

銅工〔※2〕へ三台、取りに行き、徳女に仕事を教へて上げる。いゝ仕事で無くて済まない。午後、急に塩屋と今西とで明日から夜勤をする事になった。今西組は一時おあづけで塩谷へ手傳いに行く。自分と海野さんと池永さんと三人は二直になった。寮に帰って話したら皆びっくりして居る。食事当番で、食券集める。

〔※1〕実際は火曜。
〔※2〕十三頁の「米軍機が撮影した光海軍工廠の航空写真」参照。

**四月二十五日・木曜〔※1〕　【天氣】晴**

今日より二直だ。朝、皆を出勤さして、ボックスの整理、後、洗濯をする。久しぶりに布團を日光消毒す。縫い物をする。重岡さん遊びに来る。書食　おとうふ、やっこであった。二ヶ月半ぶり、食べた。二時十五分、出勤整列。今晩より、班長を重村さんにゆずる。

〔※1〕実際は水曜。

**四月二十六日・金曜〔※1〕　【天氣】晴**

夜勤二日目、出勤迄に時間あるのでとてものんきだ、裁縫する。食券求む。夜勤の時、岸本さんに映画の話しを聞く。

とても上手で面白い。まるで本物を見るようである。工事班の用事で銅工へ行く。海へでる。海軍さん三人、来られ、自分等と同じく海を眺めて居らる。私達が帰りだすとやっぱり又、帰らる。そして人形を造って来てくれと云って居る〔※2〕。夕礼に点呼報告を機械と別にする様になった。

【受信】石けん280　鉛筆10　糸25

〔※1〕実際は木曜。
〔※2〕「このときは人形を作りたくても材料がなかった」とテルが晩年に話していた（橋本紀夫氏談）

**四月二十七日・土曜〔※1〕　【天氣】晴**

今朝も又、警戒入る。夜勤、寮へ食券出しに行って居たら、マイクで信田マサヨさん、ご面会と聞く、あゝお父さんだと思って行って見るとやっぱり、違はない。されどマーちゃんはどくへ行ったか わからず。お父さんも困って居らる。二回マーちゃんの部屋に行って見る。山口さんに白百合のムーちゃんにも電話して見て頂く。やっぱり駄目と、突然一時半頃に帰って来る。双葉へ行ったとか。ムーちゃんも来る。今日、宮本中尉とバレーをやる。宇部の香川女學校に爆弾落ちたと聞く〔※2〕。住田さん、あやめの花を持って来てくれる、と。帰りに見れば早や誰かに取られてしまった。残念で致方無い。岸本さんと歌などの話する、なか〱面白い。

〔※1〕実際は金曜。
〔※2〕『震災復興誌　第六巻』によれば、宇部市への第一回目の空襲で、「爆弾」により「藤山国民学校（現、宇部市立藤山小学校）付近が被災して、八十八人が罹災したとある。

**四月二十八日と二十九日の頁が切り取られている。**

**四月三十日・火曜〔※1〕　【天氣】曇**

朝礼に出ず、四時頃よりねむく困っちゃった。夜が明けた時はさすがに嬉しかった。工場で始めてお辨当を開いて食べた。味は又別格だ。おシャベリする人も無く、今夜はとても淋しい。十時頃、床につく。ふと目が覺めると、二階で天井をはがす音、やかましい。夕べのお萩 頂いた。石光さん（二コ）、河原さん（三コ）。夜、アルミ貨を出す。自分が大関（一口　七十五銭）。

〔※1〕実際は月曜。

五月

【五月　摘要録】

新緑　野山の若緑に今日の雨でなお一増
雨上がりの新緑　鮮やかなをまし緑満る
五月の毎日—

**五月一日・水曜〔※1〕【天氣】曇後雨**

夕べはねむくなく、嬉しかった。今西組に帰り、曲腕室〔※2〕のタップ〔※3〕立てをした。徳女の内山さんに鍛錬の中、長田さんが　モーションをかけ様と、使ひをよこす。内山さんこわがる。困った工員達だ。今夜も福田のをぢさん、食事をくれる。今日はとても良くねむれる。夕べより、曇って居た空、目が覺めて見ると、雨になってゐた。長谷川さん、定時で帰った様子。今朝は帰り、掃除をした。起きる前、とても多くさん、お萩をこしらへる夢を見る。起きて食べたく、のどがなる。

〔※1〕実際は火曜。
〔※2〕ピストンエンジンのクランクケースのこと。
〔※3〕めねじ（雌ねじ）のねじ切り加工をする工具。

㊟　五月二日から五日まで、頁が切り取りされている。

**五月六日・月曜〔※1〕【天氣】晴**

いよ〳〵今朝、高山少尉のお別れの式があった。しみ〴〵とお話さる最後の顔、仰ぎ見る目も唯、涙。あゝやっぱり高ちゃんはやさしい良い人だった。感情的な高ちゃん…。想ひ出はつきない。名残はつきないけれど致し方無い。朝上がりで帰り直ぐ食事をする（ムスビ四コ）、直ぐ休む。午後二室へ行き、橋本さんと四時頃迄ねる。橋本さん、パンやおいもを蒸して来る。思ふだけ頂く美味しい。二室、今頃お部屋面白く無いとの話。可哀さうだ。自分が居る時にはそんな事はちっとも無かったのに。河口さん、五日の外泊を終へ無事に帰らる。あゝ夜勤も終り、明日から又、日勤だ。組長さん今日帰らる。

〔※1〕実際は日曜。

**五月七日・火曜〔※1〕【天氣】晴　【寒暖】定**

久しぶりの朝の出勤、やっぱり気持が良い。今日も良い日和である、近くの山の若葉も目に映えて美しい。それにしても家の事ばかり思はれてならない。組長さん、願ふ積りで行ったけど、今日は後、来られない、ガッカリしてしまった。仕事がたいぎで成らない。支持座一台つけたきり…。一直夜勤者の定時で帰り、皆で街に行く。お花を求む（金銭花）。　今西組長、京都出張のお土産、梨を頂く、良いお父ちゃんだ。お花を河口さんに生けさす。一夫さん（※2）の便り受く。河本の節ちゃんも内地に帰って居られるとか…。写眞も早々来る様、祈りつゝ。

（※1）実際は月曜。
（※2）原田一夫ヵ。

**五月八日・水曜（※1）　【天氣】曇後雨　【寒暖】定**

今朝は、空はどんより曇って居る。清水さんに教はって傘を持って行く。午後より雨降る、やっぱり良かった。今日、大詔奉戴日、行事、十二時三十分よりマイクを通じ行はる。ドイツもいよ〱破れた（※2）。日本獨立にて米英撃滅する。我等も益々頑張らなくてはならぬ。七時、挺身隊、明日より四回に別れ更新休暇にて帰る。自分は休暇、案外むづかしい。今日も定時で帰る。松村さんにアメ玉頂く。今日も又、一夫さんから便り来る。やっぱり嬉しさは変らない。

【受信】原田一夫
（※1）実際は火曜。
（※2）五月七日のフランス連合軍に対するドイツ降伏の報だろう。
五月九日にはドイツはソ連にも降伏する。

**五月九日・木曜（※1）　【天氣】晴　【寒暖】定**

宮本中尉、夜勤で居られないので、とう〱休暇の事は云はずにしまった。一日中、思ふばかりで、いっそ仕事もする気になれず、情無くて仕方が無い。組長さん、忘れてしまはれたのだろうかと？　はがゆくもあった。明日の朝、話てやると云はれ、少しは心安らかになった。今日も定時。二室へ遊びに行き、点呼前まで居た。舛田さん、志本さん、豆やアメ玉、夏みかんを寄ばれた。志本さん、昨日と同じ物を出さうかと云ひ笑ふ。何かと思へば澤庵である。とても〱美味しい。重岡さん、相変らずいゝ話をする。彼の君の…（※2）。やっぱり淋しい。

（※1）実際は水曜。
（※2）二月七日に出征した中原正直のことヵ。

**五月十日・金曜（※1）　【天氣】晴**

大空襲あり。四回退避す。徳山、光、延数二〇〇機なり（※2）。徳山、大島燃料廠（※3）やられ炎々ともゆる。空は眞黒である。残念で、残念でたまらない。それにつけても家が思はれる。仡枝〔※4〕はどうして居るやら…。泣いても足りない。汽車不通となる。あゝ何時になったら帰れるであらう。兄さん〔※5〕も、さぞ待って居るだらう。

神様、どうぞ早く帰れます様、祈ります。二残で鈴木さん、米田ちゃんと天神様〔※6〕へお参りする。下に下りて歌を唄って見た。遠くに波しづかな海原を眺めながら…。部屋に帰れど、何か知ら心淋しい。今日より消燈九時半。


〔※1〕実際は木曜。

〔※2〕五月十一日付の『毎日新聞』の「B29三百五十機来襲」と題する記事で以下のように報じている。「マリアナ基地のB29は十日午後七時ごろから約四時間にわたり九州地方ならびに中国地方に逐次来襲、主としてわが航空基地、その他軍事施設を攻撃したが、来襲機數は約三百五十機に達した」。また、「敵後續編隊は約二百六十機に達し、これが數十機梯團となつて佐伯に侵入、北西進して瀬戸内海に出で、さらに山口縣に入り午前九時五十分ごろより防府、徳山、下松、柳井、岩國などの内海沿岸一帯の工場に投彈」とのこと。

〔※3〕呉海軍軍需部徳山支部大島燃料置き場のこと。現在の周南市栗屋大浦（大島半島）にあった。

〔※4〕姉・岩脇キヌの子、仡枝（さかえ）のこと。

〔※5〕岩脇家を継いだ義兄の岩脇章ヵ。

〔※6〕冠天満宮のこと。

## 五月十一日・土曜〔※1〕【天氣】雨

昨日の空襲の後、空が曇った。今日も度々空襲に入る。朝は本当に皆、眞面目になった。今日こそはと覺悟を定めて居たが、敵は北へほとんど向ひ、光には来なかった。學徒は島田門へ退避す。髙山少尉の変わりとして横井少尉が来らる。背の高いおとなしさうな方。寮の井上さんに良く似て居る。夜、点呼後、二班の小原さんより、おこごとをくらった。

〔※1〕実際は金曜。

## 五月十二日・日曜〔※1〕【天氣】晴

今日はいよ〳〵心臓〔※2〕を出して組長さんに休暇をお願ひする。宮本中尉のお帰りにならぬ内にと…。そしたら、やう〳〵の事に、挺身隊、更新休暇だけを頂いて貰った。切符買へぬ。福田さん定期券を貸してくれる。三田尻まで無事着く。三田尻〔※3〕でも切符買へず、とう〳〵福田さんの家に行く。迷惑とは知りつゝも…。奥さんいゝ顔をして居らる。子供さん可愛らしい。豆のもやしをたいて食べさせられた。美味しかった。


〔※1〕実際は土曜。

〔※2〕三月十四日の日記と同様、「勇気」の意味で使用ヵ。

〔※3〕現在の防府駅のこと。

**五月十三日・月曜〔※1〕　【天氣】晴**

朝五時に起き、驛へ切符買ひに行く。思はず、早く買へた。三人程待った。六時十二分故、直ぐ引き返し荷を取りて驛に出る。暫く待って汽車にゆられ、小郡へ着く。こゝで電車を長いこと待った。と、電車の来る前、重本のヒロちゃんにカタをたゝかれた。びっくりす。又、出征されたのだ。いろ〱と電車の中で話す。渡辺のとこまで語りつゝ、やっぱり古里はなつかしい。家では丁度、姉〔※2〕、畠を見廻って居た。兄も居る。喜んで迎へてくれたけど、四日居て、又、行くのだと思ふと辛かった。兄達〔※3〕に休暇の日取を云ふのが…。

〔※1〕実際は日曜。
〔※2〕実家にいる「姉」なので、次姉キヌのこと。
〔※3〕キヌと婿養子（岩脇家跡取り）の岩脇章、父などを指す。

> ㊟　五月十四日から十七日まで、頁が切り取りされている。

**五月十八日・土曜〔※1〕　【天氣】晴**

非常退避訓練あり。正門の山の穴まで走って行く。辛かった。片路七分間、帰った時は九時であった。暫らく休む。

朝から朗らかになれて嬉しかった。午後、補機の調整の職手二人、鬼味ありげに〔※2〕自分達を見る。後で聞けば補機の平田職手、自分を見に来たと、自分は何とも云へない、とても良い人と聞く。工場で見合とは、又、珍しい事だ。鈴木さんの口も面白い。武内さん、一等工員になる。米ちゃん、人の点呼令状無く、未定残業す。可哀さうだ。

【發信】家へ

〔※1〕実際は金曜。
〔※2〕「鬼味（気味）わるげに」の意味ヵ。

**五月十九日・日曜〔※1〕　【天氣】雨**

いつともなく雨落ちはじめる。米ちゃん、今日は顔色悪し。点呼令状無き為、可哀さうだ。生産三台半。警戒入れど、その都度直ぐ開除となる。今日も一日長生き出来た。書食、パン付き。久保さん、長谷川さん、船に出て見る。河口さん外泊、河原さんも帰らぬ。

【發信】国安〔※2〕
【受信】国安ふい子

〔※1〕実際は土曜。
〔※2〕三月九日の日記「受信」に見える国安婦意子と同一人物。

**五月二十日・月曜〔※1〕【天氣】晴**

みねちゃんに便り出す。今日は出勤。組長さん休まれる、のんきなものだ。住田さん、徳女来ず。朝からさわぎ廻り、面白い事をシャベッて笑はす。実際良く笑ひ、お腹の掃除をした。のんきにやる。生産三台。池永さん食堂に行く。鈴木さん、腹痛で朝から寝て居る。食事後、清水さん、米ちゃんと天神様へ参る。あいにくおみくじ無い。竹の方のおみくじ。空とぶ鳥の如くにして　思ふがまゝになるべし。男子三人居て面白い事云ふ、武内さんも参らる。

【豫記】空とぶ鳥の如くにして
思ふがまゝになるべし
【受信】一夫様
〔※1〕実際は日曜。

**五月二一日・火曜〔※1〕【天氣】雨**

今日も又雨になる。今日より、女工員の服業、時間改正、定時間は四時十五分で　一残、二残の日は五時十五分となる。但し主機〔※2〕だけは毎日3残（六時十五分）とは情けない、いかにお国の為とは云ひ乍ら、何の為にあんなに定められたかわからなくなる。急ぎ帰りて見れば机の上に一通の便りあり、自分だと思ふとやっぱり違はない、見ればなつかしい一夫さん、あゝ写眞だと思い急いで開く、中にはりゝしき軍服姿の一夫さん、嬉しい、演習にて佐山より出て居られた、家へ帰れて嬉しい事だらう。

【受信】一夫様、写眞在中。
〔※1〕実際は月曜。
〔※2〕テルのいた水雷部の主機工場のこと。

テルが持っていた「原田一夫」の写真（橋本紀夫氏蔵）

**五月二十二日・水曜〔※1〕【天氣】雨**

梅雨の如く、今日もしと〳〵降る雨。清水さんと話し乍ら行く。朝、一回警戒入る。今日は支持座、良く付いた。生産四台半。池永さん二台。海野さん一台。計八台。

〔※1〕実際は火曜。

**五月二十三日・木曜〔※1〕【天氣】晴**

雨上がりの山の緑一増美しい。出勤の途上、警戒入れど直ぐ開除となる。今朝は何か知ら、気持ち悪く、人が何と云ふとも返事をするのも嫌だった。生産三台半。今日は一残。鈴木さんと八幡様〔※2〕へ参る。おみくじ引く、大吉なり、姉のも引いて見る。帰って見ると河原さん退舎すと云って荷物をして居らる。お名残惜しい、羨ましくてならぬ。でも致し方ない。鈴木さんに米粉をかけて頂き、美味しい。橋本さん、おそく帰る。彼氏の家に行ったと云ふ。もう夫婦にする約束あった様子。

【發信】一夫様

〔※1〕実際は水曜。
〔※2〕天神様（冠天満宮）のことヵ。

**五月二十四日・金曜〔※1〕【天氣】晴**

仕事無く〔※2〕、晝まで仕事をしただけ。午後はずっと遊んだ。ブリキを取りに食堂の方に行く。海軍さん、居て、話かける。上原さんに会ふ。住田さんに井手上さんアラブを送る〔※3〕。住田さん、絶交の文を書き、これをやって呉れと言傳る。何だかお愛哀さう〔※4〕だ。一夫さんに御礼のお便りだす。河原さん、今日より退舎、通勤せらる。

〔※1〕実際は木曜。
〔※2〕「この頃は仕事をしたくても、材料が来んようになって仕事が出来なかった」と九十七歳になったテルが話していたとのこと（橋本紀夫氏談）。
〔※3〕「アラブを送る」は「アブラ」の書き間違えで、「油を売る」（無駄話をする）の意ヵ。
〔※4〕正しくは「お可哀そう」。

**五月二十五日・土曜〔※1〕【天氣】晴**

仕事無く一日中ぶら〱遊んだ。何だか済まない様だ。二十分位、砂運びをした。二時半の休みに、昇給の發表ある。三等とはでかしたものだ。海野さん一等とは可哀さうだ。朝から頭、具合が悪く、えらかった。二残で帰れと皆、進めてくれたけど、帰らず辛棒した。清水さん、お父さん面会に来らる。明日は帰るので一番彼が嬉しい。最高だらう。

〔※1〕実際は金曜。

**五月二十六日・日曜〔※1〕【天氣】晴**

相変わらず遊ぶ。それこそバイスの前に腰を下ろし、見世物の様に一日中、住田さんが笑はしたり、工廠へ何しに来たのか変らぬ〔※2〕。住田さん面白くて たまらない。午後、休み後、非常退避訓練あり。主キ〔※3〕は廠外の渡辺山〔※4〕に登る。走るのでえらかった。それでも頑張って早く行く。帰ったら暑く、男子は皆裸になって居る。顔を洗ひ少しはサッパリした。給料日、四四円三三銭頂く。清水さん帰る。さぞ嬉しい事だらう。今日、工廠でも、舎でも赤飯である。又、工廠でドーナツの配給あり（一個半）（明日は休）

〔※1〕実際は土曜。
〔※2〕「わからぬ」のことヵ。
〔※3〕テルのいた水雷部の主機工場メンバーヵ。
〔※4〕現在の光井中学校のグランド南に残る森の一帯が「渡辺山」。

**五月二十七日・月曜〔※1〕　【天氣】晴**

夕べの空模様では今日は雨かと思ったら、とても良いお天気になって居た。休みで起床五分前迄ねる。部屋に一人なので淋しい。寮の廊下のお掃除をする。九時より退避訓練あり。天神様の後ろ方の山に行く。昨日の訓練で、相当足が痛いのに、又、今日もなので、嫌と、こごとを言ふ。午後、住田さん達の約束の人形を作る（三つ）。次は二室へ遊びに行く。渡部さんだけ…。そしてとてもいゝ本。〝夫婦和合讀本〟〔※2〕を讀まして頂く、面白く役に立つ本だ。夫婦生活、それはこんなにもむづかしいものかと、つく〴〵思。将来の自分、一体どうなる事かとおそろしくもあり。橋本さんもいよ〳〵結婚する様子。あゝ時尼の話はどうなったらう。今日は食べ過ぎて、お腹はって仕方無い。河原さんのお父さん、荷物を取りに来らる。小原さん、機嫌悪い。

【發信】重村寛さんに便り書く。

〔※1〕実際は日曜。
〔※2〕昭和九年九月に主婦之友社から刊行された『主婦之友』の付録『夫婦和合読本』と思われる。

**五月二十八日・火曜〔※1〕　【天氣】晴**

清水さん、四時頃に帰らる。そして自分の床に入り、ねむる。今日より又、二週間生産に進むのだ。仕事無くブラ〳〵する。午後、やっぱり頭悪く、えらい。足も痛い。これから一週間毎朝、かけ足をしなくてはならぬ。福永さん、自動車にて来て居らる。池永さん、結婚の話しある様子。品川とか…。

〔※1〕実際は月曜。

**五月二十九日・水曜〔※1〕　【天氣】雨のち晴**

小物取付、進んで居るので、暫らく休む事にする。そしてすり合せをやる。西森さん、更新休暇にて帰る。機械の□□

〈※2〉いよ〳〵本格的になる。午後はあまり仕事はせず。今日は気分良く嬉しかった。夜は「結婚命令」の映画あり。久しぶりに見物に行く、なか〳〵良い映画だった。あの海軍（船乗り）、可哀さうだった。でも後でわかってくれて、行くと云って行く。昭ちゃんも可愛くなった。さて、私の結婚は？…。

〈※1〉実際は火曜。
〈※2〉日記では空白だが、橋本紀夫氏が生前に母テルから聞いた際に、ここに「疎開」の文字が入るとのこと。

**五月三十日・木曜〈※1〉　【天氣】晴**

今年オ一期生青年隊の交通整理も反日〈※2〉すぎる。去年の自分達を思ふ。皆おとなしく余り注意しない。今日もすり合せする。帰りに手の洗い様が早いとて、組長さんよりお言を頂く。そしていざ帰ろうとすると、岸本さん、職札を取りに事ム所に行く。腹のたつこと重なる。食事後、清水さんと天神様へ参る。山口県より慰問の品、ガンバリ粉を頂く。鉢巻を縫ふ。みねちゃんのなつかしい便りを頂く。

【受信】みねちゃん
〈※1〉実際は水曜。
〈※2〉「半日」の当て字ヵ。

**五月三十一日・金曜〈※1〉　【天氣】晴**

五月晴。いよ〳〵美しい。
出勤の際、死人に合ふ。學徒かそれとも工員か…。可哀さうだった。食券を出しに行ったら組長さん、すごい急で叱られる。朝からお目玉を頂き気分をこわした。昨夕も叱られ、今朝も又…。

〈※1〉実際は木曜。

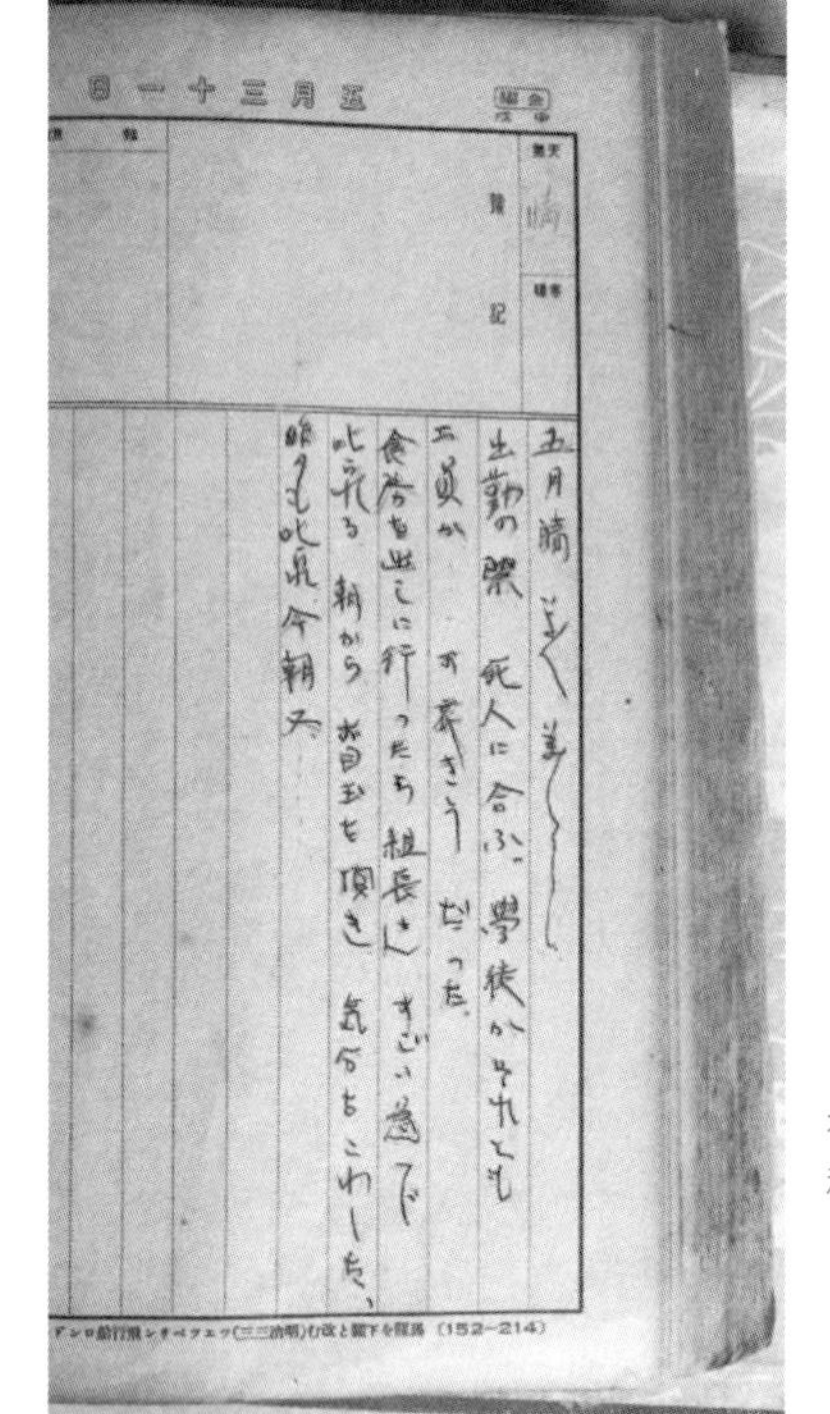
五月三十一日
五月晴 いよ〳〵美しい
出勤の際 死人に合ふ 學徒かそれとも
工員か 可哀さう だった
食券を出しに行ったら組長さん すごい急で
叱られる 朝から お目玉を頂き 気分をこわした、
昨夕も叱られ今朝も又

岩脇テルの日記　昭和20年5月31日
（橋本紀夫氏蔵）

六月

六月一日・土曜〔※1〕【天氣】晴

今朝より出勤整列を工場別になる。主キ〔※2〕、田中井さん、通勤班長。夜、小原さん来られ、自分にも世話する様に云われる。ハチ巻も今日よりする。親の仇かそれとも、義士の討ち入の様だ。仕事無く、組長さんににらまれるのが辛い。今日、空襲あり、非常待避あり。渡辺山〔※3〕まで行き、着いたと思ったら開除になる。…帰りに米ちゃん、母ちゃん此頃どうかして居る、何か考へ事をして居るのではないか…、あまり思ふなと、云って呉れる。本当に自分は、今頃、あまり家の事などあまり思いすぎて居る。

【發信】一夫様　兄上様〔※4〕

〔※1〕実際は金曜。
〔※2〕テルのいた水雷部の主機工場。
〔※3〕五月二十六日の「渡辺山」と同じで、現在の光井中学校のグランド南の山。度々、避難をする場所となる。
〔※4〕原田一夫と義兄・岩脇章に手紙を出している。

六月二日・日曜〔※1〕【天氣】雨後はれ

今朝は降るとも無しに、しづかな五月雨が降って居る。清水さんと出勤する。組長さん休まれる。十時前迄、遊ぶ。それより、すり合せをする。午後は、又、母らのてんぷらを手傳う。とてものんきな一日だった。久保さん達、外泊さる。米田さんに便り、ことづける。清水さんと髪を洗ふ。今夜は、食事 この――日――いもせ。さあ明日も又出勤だ。あと一週間で、お休み、さあ頑張らう。

〔※1〕実際は土曜。

六月三日・日曜〔※1〕【天氣】晴

出勤、田中井さんの変りをする。組長さん、古谷さん不参。仁井谷さんと材木を三回運び、海岸で、ゆっくり遊ぶ。日光消毒と云って外で休み、中で休み、今日は朝から仕事せず勿体無い。午後、自動車で、穴へ行かうと思ったけど、米ちゃん、行かず、自分も止める。居ねむりなどしてゐる内、時間經つ。帰舎後、作業服洗濯す。蚊帳を借りに行く。

〔※1〕実際は日曜。

六月四日・火曜〔※1〕【天氣】晴

九時半より水道〔※2〕へ機械を下す手傳いに行く。水道とても涼しい。食堂の石をひろふ。晝迄は機械一台運んだぎり。午後又、行く。午後は四、五台運ぶ。手に豆が出来た。トラック、帰りは、急スッピートで、身体は上り下り。鈴木さん手をつめる。帰ったのは五時四十五分であった。明日も又、行かねばならぬ。

【豫記】ソロモン群島のブーゲンビルに　今日も空襲大へん隊　翼の二十粍雄たけび上げりゃ　落ちるグラマン　シコるのスキー〔※3〕

〔※1〕実際は月曜。

〔※2〕島田門近くの隧道工場のこと。テルはこの場所に機械をおろすこと（機械疎開）を手伝っていた。

〔※3〕『空母翔鶴海戦記』によれば第二次ソロモン海戦（昭和十七年八月）後、戦闘機の搭乗員の間でよく歌われた「航空艦隊の歌」だったとする。同書掲載の歌詞は、「ソロモン群島ブーゲンビルに　今日も空襲大編隊　翼の二十ミリ雄叫びあげりゃ　落ちるグラマン、シコルスキー」となっている。また『軍歌と戦時歌謡大全集』には、「搭乗員節」のタイトルで、「ソロモン群島ブーゲンビルに」の箇所のみ「ソロモン群島ガダルカナルへ」と変わっている歌詞が紹介されている。

## 六月五日・水曜〔※1〕　【天氣】晴

今日も島田門に行くので、バスに乗って行く。何か旅行にでも行く様だ。木原組の所の出口を掃除する。機械を引ぱる〔※2〕。便所のところの土運び、なか〳〵えらい。工事班も轉して来る。才二消防隊の人達、とてもいゝ人ばかりで、親切で、大好きだ。サービスのいゝ事、この上無い。お茶を汲んだり、お湯を汲んで手を洗はしたり、本当にいゝ人。お茶のめと云って戸をたてこんだのには、一寸と困ちゃった。えらいので二残で帰る。斉藤さん達、定時でぬけて帰る。バスで帰る。帰ったのは早く、誰も帰って来なかった。洗濯する。橋本さん、身の上話しを相談に来る。

【豫記】敵を求めて黒潮越へて、行くぞ、我等が偵察機、居たぞ宿敵、大かん隊を知らす嬉しさ腕はなる〔※3〕

〔※1〕実際は火曜。

〔※2〕島田門近くの隧道工場構内に機械を引っ張る作業ヵ。

〔※3〕「航空艦隊の歌」（『空母翔鶴海戦記』）の二番歌詞。『軍歌と戦時歌謡大全集』の「搭乗員節」には、この歌詞は見当たらない。

## 六月六日・木曜〔※1〕　【天氣】晴後雨

水道に行かず　仕事無いので、曲腕室を十台受け、池永さんとタップを立てをする。しかし　池永さんどうも腹の虫が好かない、どうしてだらう?　変りし事無く、今日も平凡な一日であった。定時で帰りて見ると、清水さんだけ帰って居た。二室へ行く。鈴木さんの菓子頂く。中央事ム所の西本さん、突然召集令来る。八日の入営、食堂でお別れある。西部オ一〇六部隊。大人物を征かし惜しい限り。舎監もどれだけか、力の落ちる事だらう。

【豫記】山山山　山口市　佐山村　山口　佐山村〔※2〕

〔※1〕実際は水曜。
〔※2〕筆での住所の試し書き。

六月七日・金曜〔※1〕【天氣】曇

夕べの雨も朝は晴れて居た。久しぶりに朝から警戒入る。今日より宇部高専、今西組の仕事を勉強する事になり、影山、山田さん、二人来る。調整の武内さんも出征される為、今日故郷に帰られると聞く。一人々々男子を見送る我等乙女…もう少し頑張らなくてはならぬ。事ム所の岸さん、現場に来てシャベル。今日も便り来ず。武内さんの御健勝祈りつゝ。〝今日も又 友の一人がめされ行く、太平洋の波のしずめ〟

【豫記】ニコリ笑ふてダイブに入る　友のかんばく勇ましや
上る黒煙消え去る後に　見たか撃沈天晴な〔※2〕

〔※1〕実際は木曜。
〔※2〕「航空艦隊の歌」（『空母翔鶴海戦記』）の三番歌詞。『軍歌と戦時歌謡大全集』の「搭乗員節」では五番歌詞として紹介され、末尾が「見たか敵艦、真っ二つ、まっぷたつ」となっている。

六月八日・土曜〔※1〕【天氣】晴

米ちゃん早出する。組長さん今日も又休まれる。宇部高専に支持座の付け方を教へる。宇部高専、常盤驛にて降りる。午後、古谷さんの所へ行き、何もせず遊んだ。古谷さん■■■〔※2〕、いゝお父さんだと米ちゃん、海軍さんに羨ましがる。心から■■■〔※2〕、あの五人の為に心配される。本当にやさしい方。帰舎途中、米ちゃんと長谷川さん二人共、下駄の緒を切らす。橋本さんのお母さん面会に来らる。鈴木さんのお部屋に行き豆を頂く。今日の午後二度、精密へ遊びに行く。明日は楽しいお休み？

【豫記】〝とげあるを知らずにつかんだバラの花〟

〔※1〕実際は金曜。

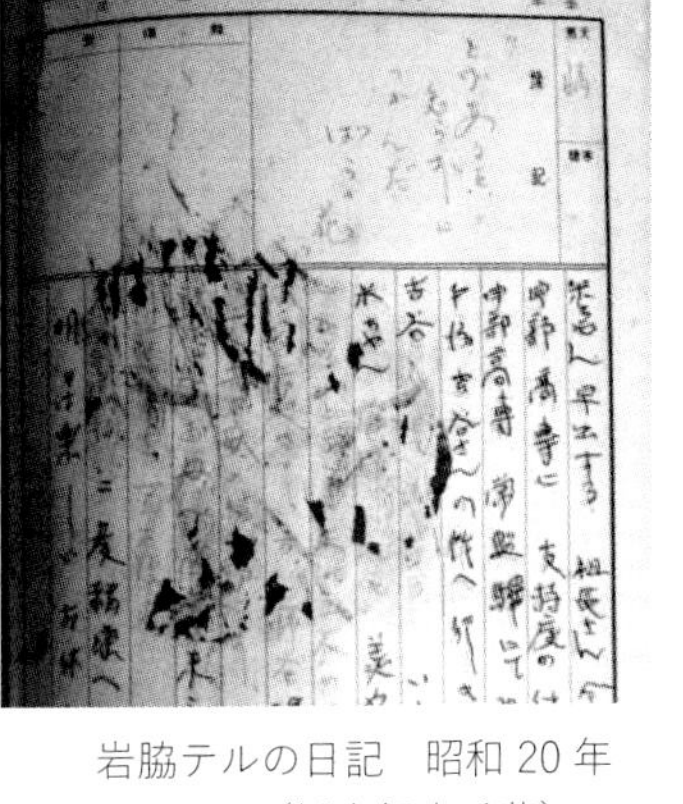

岩脇テルの日記　昭和20年6月8日（橋本紀夫氏蔵）

〔※2〕■は押し花の跡が残り、鉛筆書きの文字が読み取れない箇所。「豫記」欄に「バラの花」と書いているので、バラの花びらの押し花をしたのヵ。

## 六月九日・日曜〔※1〕【天氣】晴

休日、起床五分前でまだねむい。ボックスの整理、部屋の大掃除、畳上げ、清水さん、石光さんと三人で大活動する。米ちゃんと豆も食べ話す。食事後、畳入れる。それより仕事島田へ行くとて、バスに乗らうともしたけれど、来ず。とう〳〵お宮様へ参る。米ちゃん、石光さんと祈りて帰る時、呼び止める声にふり返れば、特攻隊の勇士。遊ぼう〳〵と云われる。何時出撃されるか分からぬ勇士の胸の内は如何ばかりかと、いろ〳〵話す内、涙がこみ上げて来る。自分達は今特攻では無い。敵艦に突っ込んで始めて特攻隊の名が現はれると言われる。今は神様でも何でも無い、その言葉、胸に五寸釘でも打ちつけられる様。「君達とこうして語るのが一番面白い」。マスコットを作って呉れと云われるので「ハイ」と返事をする。四時半迄に帰らねばならぬといゝ、別れともなく別れる。ぢっと見送る我等三人…若き乙女の胸に何を祈ったか…。

〔※1〕実際は土曜。

## 六月十日・月曜〔※1〕【天氣】雨

昨日の勇士の事が想はれてならぬ。藤井さん、外泊より帰らず。西森さん、今日より出勤す。久しぶりに支持座付ける、二台。夜、「海軍病院船」「日本ニュース」映画あり。昨日約束した人形作り上る。〝左様なら、又会へたら、出来たら人形たのむと〟云って三人連だって、山を下って行かれた勇士…。偲びつゝ、今夜も又、我が胸は一ぱい…。

〝花は櫻木、飛行機乗りは、若い命は惜しみやせぬ、花のつぼみの二十で散るも　何の君の為、国の為〟〔※2〕

今日より梅雨に入る。

〔※1〕実際は日曜。
〔※2〕「航空艦隊の歌」（『空母翔鶴海戦記』）の五番歌詞。『軍歌と戦時歌謡大全集』の「搭乗員節」には、この歌詞は見当たらない。

## 六月十一日・火曜〔※1〕【天氣】雨

今朝は汽■場〔※2〕の故障にて朝食出来ず。六時に出勤し才二組立にて頂く。朝礼五分前に工場へ着く。田中井さん早出。池永さん、朝から食堂へ手傳ひに行く。一人で支持座二台付ける。午後より雨振り出す。梅雨らしき雨。仕事最中、ふと家の事を思い出す。やっぱり雨は、心を寂しく故郷を偲ばせる。米ちゃんと一所に傘に入り帰る。楽しみ（に）〈※3〉した便りも来て居ず、情無かった。どうして、故里の人は私を忘れたのか知ら?…。心配して居たマーちゃん〈※4〉とお風呂で一緒になった。マーちゃんも島田の方へ行くと云ふ。有明〈※5〉にでも変わったら、若竹〈※6〉にもいよ〳〵自分一人になる。

【豫記】大方總太郎
〈※1〉実際は月曜。
〈※2〉■は解読不能。「汽罐場」（ボイラー）ヵ。
〈※3〉（に）を補足。
〈※4〉信田政代のこと。
〈※5〉有明寄宿舎のこと。
〈※6〉若竹寄宿舎のこと。

**六月十二日・水曜〈※1〉　【天氣】**

十三日の午後、工事班の髙木さん。〝あの花　この花〟の歌を教えて呉れと来らる。米ちゃんと教へてあげる。歌ふ内、苦〈※2〉を思い出す。

〝あの花この花　咲いては散り行く　泣いてもとめても
悲しく〈※3〉　散らずにおくれよ　可愛い野花よ　散りゆく私しは　幌馬車旅行く乙女よ〟〈※4〉
蝉鳴く声に故里　偲びけり。仕事なし

〈※1〉実際は火曜。
〈※2〉「句」の当て字。
〈※3〉正式な歌詞は「悲しく」の後に「散りゆく」の言葉が入る。
〈※4〉西條八十・作詞、古賀政男・作曲の戦時歌謡の歌詞。昭和十五年一月にコロムビアからレコード化された。

**六月十三日・木曜〈※1〉　【天氣】雨**

昨日からの雨やまず。降りの降らずの、さだめ無い梅雨、身も心も　くさってしまひそう。〝梅雨は梅雨　降る梅雨　曇る〟本当にそうだ。支持座一コ付る。午後は遊んだ。組長さんの目が光そうだ。雨の中を帰ったら、故郷より二通。なつかしの便り来た、嬉しい。故郷も早や麥刈が始まり忙しさうだ。家ではどうして居るのやら。心配でならぬ?…。空飛ぶ鳥であったら…と。今日は甘酒ある。鹽を入れて食べたら、とても美味しくなった。全休日のより日記を違ってつけた。今日気が付。一日おくれて居た。

【受信】本藤道江　西本みね子
〈※1〉実際は水曜。

**六月十四日・金曜〈※1〉　【天氣】曇**

まだ降るかもわからぬと思ったが、今日はお天気になった。

たいした仕事も無く、ぶら〳〵一日中すごした。造修工場へ残飯桶を取りに行く途中、特攻隊の人七名に会ふ。その中に先日、お宮で、語りし吉田さんらを見出す。我あまりの事に立止まりびっくり、赤顔する。しかし向ふは気が付かないらしい。体格のいゝ元気な裸体の姿をぢっと見送る。

配給物あり。洋傘、ハブラシ、石けん、靴下。

〔※1〕実際は木曜。

**六月十五日・土曜〔※1〕【天氣】小雨**

住田さん、今日は本当に休んでしまった。午後、醫務へ行く、眼に切粉入った為ニ切り出して頂く〔※2〕。突然ムーちゃん来る。才二内科に行ったが、出て来て血沈をしらべろと云って泣く。自分迄悲しくなる。入院もせず帰る程でも無い様に祈ってやる。あまり仕事が無理だったのだ。帰りに安ちゃんに逢ふ。今日は本当になつと云ふ日だろう。又も嬉しい事に延期休暇が又ある事である。二十五日より三日、あゝ早く来ればいゝ。キャベツの初物食べる。

【豫記】河口久子さんに金2.0円也貸る。

【發信】眼科
〔※1〕実際は金曜。

〔※2〕テルは左目に入った極小の金属片が生涯残っており、少し視力が低下していた（橋本紀夫氏談）

**六月十六日・日曜〔※1〕【天氣】曇後雨**

さて、今日は日和になるかと思ふと、何か知ら心が明るくなる…。しかし、やっぱりさえん日和と思ふ矢先、又も小雨が降りそゝぐ。一時より醫ムへ行く。朝から穴ズリをして日を過す。池永さん二台支持座を付ける。清水さん、母病気の電報、速達来る。一向に気にもかけない様子。あまりののんきさにあきれる。だが別れるとなると嫌だ。なれたばかりで、私の話合手だのに。それを思ふ。帰ってくれるなと祈りたい。

〔※1〕実際は土曜。

**六月十七日・月曜〔※1〕【天氣】曇**

清水さん、石光さんと三人出勤。長谷川さんも誰も帰らぬ。何と云ふ風の吹き廻しか…。工場ではバイス台の移動あり。山本組、仁井谷組、機工の方へ行く。自分達は事ム所の前、サボレンとはこれ如に。風の入らぬ所で暑く、いやになる。池永さん、今日も食堂。帰舎して見れば誰も居らぬ。直ぐ洗濯に行くと清水さん、今日十時頃より家に帰ったとか。淋しさにガッカリした。あゝあの人もこのまゝもう帰って来ないのではないかと思ふと胸の内は淋しさ悲しさで一ぱい。なれたばかりなのに、そして、私のたよりになる人と思ひ、喜んで居たのに…。姉からの便り来るも、あんな手紙貰いたくない。又、心が沈む。

【豫記】食事後、屋の下に小さい畠を作り、朝顔、けしの花の苗を植える、石光さんと。

〈※1〉実際は日曜。

**六月十八日・火曜〈※1〉【天氣】曇**

今日も空はどんより曇りて、いんきな天気である。組長さん休まれる。米ちゃん、海野さんと隧道へ見物に行く。叱られはしないかと おそる〱行く。森尾技手が来られたので直ぐ帰る。 書迄、支持座一台付ける。午後、醫ムへ行く。待避訓練無し。入浴に行ったら、子供を連れた女の人が来られた。可愛いらしい。佐枝を思ひ出し、なつかしい。

〈※1〉実際は月曜。

**六月十九日・水曜〈※1〉【天氣】晴**

久し振りに梅雨晴れの空を仰いだ。米ちゃん早出す。仕事無し。書迄、支持座一台付けたきり。午後はブラ〱した。本当に勿体無くて仕方が無い。藤本さん、今日より帰る。私も後三日目には帰れる。宇部高専の人といろ〱話した。明後日から仁井谷組へ行かれるのだ。清水さん、夕べ突然帰る。びっくりした。もう帰らないとばかり思って居たのに。

〈※1〉実際は火曜。

**六月二十日・木曜〈※1〉【天氣】晴**

晴天、心共に晴天也。宇部高専、用具受座取付けに一日中かゝれど、出来上りそうにも無い。やっぱり住田の兄ちゃん、おやぢでなければつまらぬと笑ふ。住田さん、午後来る。組長さんの手紙行ったとかで…。午後、正門に木村さんと一緒にでる。物資に行けど買ふ物も無し。町を歩いて帰る。食券集める。明日から食事当番、朝寝坊出来ない。

〈※1〉実際は水曜。

**六月二十一日・金曜〈※1〉【天氣】晴**

住田さん出勤す。池永さん相変らず食堂行き。書迄、用具受座をグラインダーにてする。午後、休暇の乗車券を頂く為、人事より總ム労務係迄行く。とても暑い。いよ〳〵明日は帰れる。嬉しさは何時も変り無い。今日より食事当番故、二時間にて帰る。帰りて明日の支度す。清水さん頭痛く、腹も悪くえらい様子。点呼が済み、休む。

〔※1〕実際は木曜。

**六月二十二日・土曜〔※1〕【天氣】晴**

今日より帰れるなつかしい故里へ。光井門前の家に荷をあづける。九時頃空襲入り、渡辺山に退避す。約一時間余り。又帰れないかーと思って心配だったが帰れて嬉しい。三時十五分に門を出る。バスにもすぐ乗る。四時十二分に間に合ったけど、米田（好）さんと二人、五時五十五分に乗れと残される。宇部線に間に合ひ、この上ない嬉しさ。気ばかりあせり、汽車の何とのろい事。それでも家に八時過ぎ着く。家では夕食だった。仡枝、私の顔をぢっと見つめ、ものも云はず、ご飯も食べない。早や忘れてしまったのか…。

〔※1〕実際は金曜。

**六月二十三日・日曜〔※1〕【天氣】雨**

今日は雨、つまらない。三日もふりつゞきはしないかと心配だった。父〔※2〕の着物を袖をのけ、ロッポウ袖になほして上げる。兄〔※3〕出勤。山陽荘〔※4〕も軍屬になりしと聞く。国民學校、明日迄休みとかー。朝、喜美ちゃんと話す。前に帰った時、まいた胡瓜、豆、良く太って居るのにびっくりした。家の方はやっぱりのんきだ。麥はあらかたかたづいて居る。思ったより早いので嬉しい。姉〔※5〕も大分良いので安心した。

〔※1〕実際は土曜。
〔※2〕岩脇久右エ門のこと。
〔※3〕義兄の岩脇章のこと。
〔※4〕昭和二十年五月に呉海軍病院分院となる（『全国重症心身障害児施設総覧』）。
〔※5〕岩脇キヌのこと。

**六月二十四日・月曜〔※1〕【天氣】曇**

姉〔※2〕、岩倉行く（電気）。仡枝と遊ぶ。兄帰る。お晝におはぎもちを作る。三回目。午後、姉と共に墓参する。原田一ちゃん〔※3〕のお母さんに逢ふ。ふさ子さんの子供とても太い。麥藁を運びトシャク〔※4〕をするのを手傳ふ。くにちゃん山口へ行く。カーちゃんに合ったとか、自分も行きたかった。民ちゃんも帰って来る。今度は通勤とか。羨やましい。岩倉の姉〔※5〕来る。やっぱり良い、佐枝喜ぶ。水冷たく、おいしい、ガブ〳〵間さへあれば口に運ぶ。あゝこれが我が家の最後の水かと……。


〔※1〕実際は日曜。

〔※2〕岩脇キヌのこと。

〔※3〕原田一夫のこと。

〔※4〕竹の支柱を立て、それを囲むように藁を積み重ねたもの。

〔※5〕上野サキのこと。

**六月二十五日・火曜〔※1〕【天氣】晴**

姉、岩倉、電気にかゝりに行く。岩倉姉帰る。父麥刈り。姉が帰りてより、自分も刈りに行く。二ヵ年ぶりに握る鎌、麥…少しやると、もう手が痛い。午後は行かず帰る支度する。小麥だけだから少しは安心する。本永にコオリ餅を持って行けと下さる。五時十分、光に向ふ。あゝ最後もしれぬ家のしきいをまたぎ……又、見る事が出来るかどうか、わからぬ故里。…幸多かれと祈るのみ。米田さんと一緒、無事帰る。皆喜んで迎へる。清水さん、明日より帰ると云ふ、つまらないナ。

〔※1〕実際は月曜。

**六月二十六日・水曜〔※1〕【天氣】晴**

出勤、四日ぶりだ。工場に変り無し。池永さん、今日もさぼる。自分と同じになってしまった。今日はねむいのに困ちやった。給料日。軍事訓練無し。今朝 清水さん帰る。暫らく見られない。早く帰る事を祈る。久保さんに、あんづと云ふものを貰って食べる。生まれて始め（て）〔※2〕だった。美味しい。食事にドーナツ二個半つく。菜の葉にサバナリ、工場も同じ。


〔※1〕実際は火曜。

〔※2〕（て）を補足。

**六月二十七日・木曜〔※1〕【天氣】曇**

朝雨少し降る、各個出動とは嬉しいではないか。

工場では今日より作業中止、防護ヘキを作る為、總動員す。精密へ遊びに行く。長谷川さん、久保さんの仕事きれいで大好きだ。午後、組長さんのご機嫌悪し。お目玉を頂戴するやら、気分こはす。釘をのばす。二残にて帰る。いよ〳〵食事当番も済む安心す。前田部員の衛生講話ある。食券買ふ。

【豫記】昭和二十一年　田植始め今日也〔※2〕

〔※1〕実際は水曜。

〔※2〕テルは終戦後の昭和二十一年に、【豫記】の空欄をメモ代
わりに使っていた形跡がある。

六月二十八日・金曜〔※1〕　【天氣】曇

釘を一日中のばす。四時半の休みが済み、防護へキへ砂を運ぶ。米ちゃんと無我夢中でやる。キリ〱舞ひをする、つかれた様子。後、鐘が鳴り皆帰へってしまったけど、後始末を米ちゃんとし、男工員と同じ頃帰る。夜、映画あり。住田さんにへうたんを貰ふ。氷づめミカンあり、生まれて始めて食べる。感想、冷たく美味しい。もっと夏ならなほ良ろしい。(冷とうミカン)

〔※1〕実際は木曜。

六月二十九日・土曜〔※1〕　【天氣】曇り

朝、砂を外のくぼい所へ運び出す。海野さん外泊一日目、何かしらぬけた様。野本さん、今日より帰らる。今日も一日中釘のばし。二時頃より長谷川さんの所で休みまでさぼる。今頃さぼる事が上手になって来る。自分乍ら感心す。夜はエビのまぜめし也。ニナーター半、高瀬さんの分を米ちゃんに頂く。髪を洗ふ。靴下の配給貰ふ。

〔※1〕実際は金曜。

六月三十日・日曜〔※1〕　【天氣】曇　【寒暖】時雨

十二時過ぎ、空襲入り、待避す〔※2〕。弾音耳近く聞ゆ。此の前の徳山〔※3〕を思ふ。お陰で光には来ず、空襲は開除された。下松の方の空一ぱい赤く燃えて居た。下松・光間線路に爆弾落とされたと…。一日中くぎたゝき、あいかはらずねむい。帰る前、宮本中尉、「君は誰かなナ、岩脇か、君は山口県かネ」と聞かれる。久保さん、長谷川さん、帰れないと云って居たが、帰舎して見たら、帰って居られた。今夜は石光さんと二人だ。

いよ〱今年も半年が過ぎてしまうた。

〔※1〕実際は土曜。

〔※2〕七月一日付の『毎日新聞』が「光、下松附近に投弾」と題し、「マリアナ基地のB29十五機は廿九日午後十一時四十分ごろから逐次豊後水道を北上、国東半島を経て山口縣に入り、光、下松市附近を爆撃」と伝えている。

〔※3〕五月十日の日記で書いた徳山の第一回目の空襲を指す。

七月

## 七月一日・月曜〔※1〕【天氣】曇

出勤、住田さん休む。今日は釘のばしは廃業す。支持座一個付ける。午後、一時間、横井少尉の命令の下に、演藝会を開く。川本組長の歌、師田組長の〝お駒恋姿〟なかなか美声であるが少し曲がおかしい。磯部さんの詞ギン〔※2〕、宇部高専の陰山さんのお話（ちんば）、山田さんの歌うまい。横井少尉の歌ぶりの可愛い事。山中生徒の校歌。それより廠内物資部へ池田さん、米田ちゃんと行く。帰ったら休み。退廠時にお宮さん〔※3〕へ参拝。帰りにムーちゃんに会ふ。帰ったとばかり思ったのに。が、もう長い事はない。帰ると、信田さんも、残るは私一人。…あゝどうしょうか？故郷の父、姉よ。

【受信】久しぶりの松永敏雄様

〔※1〕実際は日曜。
〔※2〕詩吟のこと。
〔※3〕冠天満宮のこと。

## 七月二日・火曜〔※1〕【天氣】晴

朝は物凄く曇って居た空も、いつの間にか晴れて、いゝお天氣。久し振りに太陽を仰む。夕べ十一時半頃より空襲に入り、朝四時過ぎまで開除にならなかった。おち〳〵ねむられず。呉、宇部、下の関等、大分やられたらしい〔※2〕。久保さん、朝帰る。長谷川さん帰らぬ。住田さん来る。宇部や故郷の事が気にかゝる。海野さん達、無事に帰る事を祈る。清水さんも帰ってくれゝばいゝが…。あんずを腹一ぱい食る。昨日も今日も朝壕へ入り、お握りを米ちゃんと食べる。

〔※1〕実際は月曜。
〔※2〕七月三日付け『毎日新聞』の「九州・中国諸都市を爆撃」と題する以下の記事がある。「マリアナ基地のB29約百機は七月一日廿三時五十分ごろより約一時間にわたり、その主力約六十機をもつて天草方面より熊本市に侵入、同市を波状的に焼夷攻撃せり、他の一群は豊後水道より侵入し、その約十機は零時ごろより約一時間にわたり周防灘に機雷投下を、約卅機は零時廿分ごろより一時間にわたり主として関門両市を、一部は延岡市を焼夷攻撃せり」

## 七月三日・水曜〔※1〕【天氣】晴

海野さん、田中さん、やっぱり帰って来ない。いったいどうして居られるやら…。朝聞く。角井さんとう〳〵亡くなれしと。二日、六時頃、永遠の旅路につかれたのだ。可愛さうで致し方ない。藤井さん、一人でお悔みに行く。住田さん、休む。今日、森學生、片倉生徒、退廠さる。池永さん、いよく結婚成立す。今日、一残にて帰る。お晝、赤飯なり。久しぶりのとても美味しい。二ナーター（海野さんの分）位。清水さん帰らず、淋しくてならぬ。志本さん、農休みで明日より帰る（六日間）。羨やましい。（毛布五枚返す）

【豫記】昭和二十一年　植付終り　今日也〔※3〕

〔※1〕実際は火曜。
〔※2〕藤井マキ子のこと。
〔※3〕六月二十七日の日記と同様、終戦後の昭和二十一年に【豫記】の空欄をメモ代わりに使っていた模様。

**七月四日・木曜〔※1〕　【天氣】晴**

今日も帰らぬと思っていた海野さん、田中さん、元気で帰へって来て呉れた。その嬉しさは…。だけど可哀さうに家がやられたそうだ。しかし田中さんへっちゃらな顔…。ガス出ず仕事無し。一残で洗濯す。鈴木さんお臭の焼いたのを二切れ持って来て呉れる。とても美味しい。遊びに行くので髪を洗ふ。今夜、皆、待避する時、持って出るとて、荷を作る。おかしくもあり、とその最中、突然警戒入る。又、なほさらあわてる。米ちゃん、おこもさんの様な支度してやって来て、人を笑はす。早くねる。

【受信】西本みね子

〔※1〕実際は水曜。

親友の西村峰子さん（結婚後は西本姓）と。岩脇テルは右（橋本紀夫氏蔵）

**七月五日・金曜〔※1〕　【天氣】晴**

野本さん今日■■■…〔※2〕

〔※1〕実際は木曜。
〔※2〕■■■…以後の文章は頁が切り取られていて読めない。七月六日の日記も同様。

**七月七日・日曜〔※1〕　【天氣】晴**

十一時頃迄作業すれど、中止となる。それより一残までぶらぶら遊び廻る。どうでも主機全体、疎開するらしい。又、曲腕室を島根県の大和工場へ送るとか何とか云ふ話あれど、又、止める様だ。ゴマシホもいよ〳〵子供の様だ。夕べお腹冷えたか、少し具合が悪るし。石光さん外泊、長谷川さん、久保子さん、室積へ荷物を持って行く。舛田さん結婚にて止めて帰る。私達を残して、自分はいったいどうなるか…。鈴木さんも外泊する。点呼前、みどり黒髪をぷっつり切る。明日は休日なり、楽しきかな。

【豫記】梅雨晴れど　何故か晴れぬ　乙女心

〔※1〕実際は土曜。

## 七月八日・月曜〔※1〕　【天氣】晴

朝からサン〳〵と照る日光、上天氣。布團干す。大洗濯す。防空壕の上に土を盛る。お部屋に一人なので寂しい。米ちゃん室へ遊びに行く。豆をよばれる、午後はおむすびを頂く。お昼はカレー入（り）〔※2〕ご飯で美味しい。敵大隊、母島に来る様子。一時警戒に入れどすぐ開除となる。洋服をたつ〔※3〕。

〔※1〕実際は日曜。
〔※2〕（り）を補足。
〔※3〕「裁つ」の意味で、洋服を縫ったものと思われる。

## 七月九日・火曜〔※1〕　【天氣】晴

五時起床、朝食の時思いがけなく、信田マーちゃんが来る。昨日帰って来たとて、お握りを持って来て呉れる。防空壕の中に入り米ちゃんと寝て居たら、住田さん達入って来てびっくりする。組長さん、仕事をしないとて機嫌悪し。午後、米ちゃんを連れて醫務へ行く。石光さん帰って居た。河口さんもいよ〳〵帰るので荷物をして居る。名残り惜しい。あゝもう永遠に一緒にねるといふ事も出来ない。清水さん、明日帰って来てくれゝばいゝが…。

【豫記】信田さんに　おにぎり頂く

〔※1〕実際は月曜。

## 七月十日・水曜〔※1〕　【天氣】晴

朝から組長さん達に出面の所からにらまれ通しで、皆で気分こわさど、特に午後、米ちゃん達、帰ってより海野さんと二人で腹を立てる。海野さんはいろ〳〵思ったのだらう。田中さん達が二残で帰った後、シク〳〵泣いて居る。可哀さうで仕方無い。三十分頃から仕事を止めて遊んでやった。米ちゃん、古谷さんが一残で帰れと云って来らる。帰舎してボックスを明けたら、小さな玉手箱、河口さんの送り物。

退舎してから開けとと〔※2〕事。さあ何が、明日が楽しみだ。いよ〳〵河口さんとも、今日が最後だ、と思ふと涙が先にたつ。朗らかで活發なる久子様。永遠に幸福に暮される様に。今日も故里の便り無し。

〔※1〕実際は火曜。
〔※2〕「と」は「の」の誤記ヵ。

**七月十一日・木曜〔※1〕【天氣】晴雨**

米ちゃん足が痛いとて休む。北本静子さんも関節リウマチスにて五日全休。今日も朝から仕事せぬ云ふて、組長さんに叱られ、気分をこわした。仕事をせねば叱られるし 仕事は無し、困ったものだ。定時で帰る。河口さん、いよ〳〵帰られる。早速、玉手箱を開いて見る。中から小箱とセーターが出てくる。やさしい文字のあと。…思はず涙をさそふ、なつかしさのあまり。今日より五日間、食事を部屋でする事になる。四人机に座り、思はずおかしくて吹きだした。河口さんあるべき、その食器を竝べて、これが昨日ならばと…美味しく頂く。

〔※1〕実際は水曜。

**七月十二日・金曜〔※1〕【天氣】雨**

久しぶりの梅雨に農家の者は大喜びだらう。故郷にあって田植えなどした事を思ひ出す。家では田植はどうなったかしら…。米ちゃん■■■■又、昨日全休出る。池永さん今日■■〔※2〕出勤。今日よりガスが出る、久しぶりに仕事する。雨の中を帰舎したら、久しぶりの邦子さんからの便り来て居た。

【受信】河田邦子

〔※1〕実際は木曜。
〔※2〕■は押し花の跡で、文字が消えている。

**七月十三日・土曜〔※1〕【天氣】晴**

昨日の雨もすっかり上り、まばゆく照る太陽。今日は朝から朗らかな明るい■■■気持で作業をつゞける■■■…六台や■■■…〔※2〕

〔※1〕実際は金曜。
〔※2〕■は頁が破られており、解読不能。

**七月十四日・日曜〔※1〕**

■■■…〔※2〕

【受信】西本峰子

（※1）実際は土曜。

（※2）■は頁が破られており、本文は解読不能。

### 七月十五日・月曜（※1）　【天氣】晴

今日出勤、組長さん休み也。皆、精密へ木レンガ（※2）をはぎに行くけど、米ちゃん、海野さんと工場に居残る。十一頃、突然空襲なる。直ぐ非常待避になれど、米ちゃん足が痛い為、長谷さんと三人、後から歩いて行く。一回待避元ので松原迄帰って居たら、又空襲になり、退避になり中途で、又開除になる。敵は幸に光には来ず。皆無事であった。舎に帰れど唯一人、石光さんも残業らしい。米ちゃん達、食事当番のお手傳ひをしてやる。なつかしい敏ちゃん（松）から便り来て居た。今夜も二人だ。

【豫記】男なら〱泣くななげくな心にちかへ
　イギリス主力の大カン隊は、きっと遂げるぞ
　この腕で、とこそうだよ、この腕で

【受信】松永敏雄

（※1）実際は日曜。

（※2）水雷部の精密工場で働いていた堀友子によると、「木煉瓦」とは木片にタールのようなものを浸み込ませ、機械工場の床に敷いていたものという。これを鮎帰（現、光市光井鮎帰）の疎開工場まで運んでいた（『回想の譜　光海軍工廠』一八五頁）。

### 七月十六日・火曜（※1）　【天氣】晴

夕べの大空襲、石光さんと手を取り合ひ山へ逃げる。わからぬ道をあちらこちらに、さまよい歩いた。もう今夜が最後かと思ふた。が幸に生きのび、ほっと息をする。照明彈、爆音物凄く、下松やられた様子で赤く空を染めた。帰舎したら舎監より叱られる。水雷鍛錬、爆彈にてやられる。だが損害は一割程度と宮大（※2）の話。精密工場へ午後行く。木レンガをはぐ。ゐねむりして熊毛高女に笑はれる。レイトウミカン（※3）配給。久保さん、長谷川さんに桃を頂く。とても〱美味しい。

【豫記】男なら〱限りある身の力をふるへ　こらへ〱た我一億の　總攻撃を受けて見よ　とこそうだよ、受けて見よ

【受信】姉より

（※1）実際は月曜。

（※2）「宮大」とは宮本大尉のこと。なお、十五日の空襲については、昭和二十年七月十七日付『毎日新聞』（山口版）で「宇部・下松攻撃」と題し、マリアナ基地の七機のB29が十五日午後十一時から十一時三十分まで「宇部付近を攻撃」したと報じている。また十六日の空襲については、十八日付の同紙が「防府に焼夷弾」と題して、マリアナ基地

から発進したＢ29が十六日午後十時四十五分ごろから「防府附近に焼夷弾を投下した」と報じている。

〔※3〕冷凍みかん。

**七月十七日・水曜〔※1〕　【天氣】雨**

晴れるかと思ふた天気も、雨になり、とてもひどく、足を上げては降る。夕べは山に待避すれど幸に敵は来なかつた。今日は仕事無し。住田さん又休む。中本さんといろ〱話す。なか〱面白く可愛いと思ふ。二残で帰らして呉れと、中本さん、云って下さつたけど、組長さん許可されず。皆、ヒスを起す。中本さん、雨が降ると家に帰りたいと云ふ。やっぱり子供だ。休日度に帰ると云ふ、羨やましい。八時過、突然、清水さん帰舎し、びっくりした。嬉しくてたまらぬ。トマトの初物を頂く。

〔※1〕実際は火曜。

**七月一八日・木曜〔※1〕　【天氣】晴**

夕べは待避せず、朝までぐっすりねる。だが眠くて〱てたまらぬ、神經弱になりそうだ。晝迄ボー立て。午後、支持座をやる。池永さん、又も食堂。宇部の純代さん〔※2〕、叔父や叔母、従兄姉、心配でたまらぬ…。純代さん一人でさぞ辛かった事だらう。食後、待避の道の整理に總員、作業す。河口さんのお父さん、荷物を取りに来らる。胡瓜と豆を持って来て下さった。やっぱり河口さんだと思ふ。今日は便り無し。

〔※1〕実際は水曜。
〔※2〕梅本純代のこと。

**七月十九日・金曜〔※1〕　【天氣】曇雨**

夕べは空襲無く、朝迄ぐっすり休む。何だか、ぬけた様な気持。晝迄、西森さんと、壕の中をならし板を敷いて曲腕座を置く。午後はぶら〱遊んだが、二時半の休みより、精密へ作業に行く。四時四五分の休みまで休む。雨振り出す。今夜は空襲があるか無いかと心配でならぬ。なんだか今夜は淋しい。

〔※1〕実際は木曜。

**七月二十日・土曜〔※1〕　【天氣】曇**

今日も生命永らえて無事なり。時雨降る。仕事無し。敵機、来襲の恐れ、大なるに付き、食事 出来次食べる事になる（十一時三十分也）。だが幸に来なかった。今明日、西日本地区、警戒を要す。今日は女工員 全員二残と宮大云ふ。明日もう一日で休み。米ちゃん、朝からヒスを起こして大いに困る。

〔※1〕実際は金曜。

**七月二十一日・日曜〔※1〕　【天氣】雨後晴**

夕べ中、降りしまった雨も朝少し降って止んでしまふ。清水さん〔※2〕といろ〱話し乍ら出勤す。朝 池永さんと米ちゃん、口争ひをする。見て居ればおかしくもあり、はがゆくもあり。何も云はず聞き入っていた。組長さんもあきれて居らる。池永さん泣き出す。それで何時迄も腰を上げず、すねているので食堂へ行かされる。支持座、五台付ける。帰舎し、二室へ遊びに行けど、皆映画に観に行き、八場さん一人であった。清水さん今だ帰らぬ、がどうしたのだろう?…。

〔※1〕実際は土曜。
〔※2〕清水次子のこと。

**七月二十二日・月曜〔※1〕　【天氣】晴**

休み、五分前迄ねる。今日は久しぶりに三人一緒。ボックス整理、夜具干し、掃除（前庭）三人也。それより洋裁す。何時の間にか書食也。警戒入れど、すぐ開除となる。午後、清水さん、石光さん、光松竹へ「新雪」を見に行く。四時すぎ帰舎、面白かったと、のぼして〔※2〕帰る。防空カバンをその頃より縫い始め、九時前迄にて仕上る。米ちゃん室積の国広さんの（彼氏女や）所へ奐つりに遊びに行く。点呼前に帰る。休み々々と思って居たが、つい済んでしまふ。さて明日は映画「男」を見よう。

〔※1〕実際は日曜。
〔※2〕「のぼせて」ヵ。

**七月二十三日・火曜〔※1〕　【天氣】晴**

昨夜の空襲、山へ例により待避す。帰舎は二時。命永らへて…。下松、油タンクやられた様子…。下松、くしが濱との間の鉄橋やられたと聞く。池永さん、今日は一昨日は寄りつかず。取付の手傳ひをする。そして六台やり、一残にて帰る。支持座、海野さん達と付ける、（四台）。警防、度々入る。宇部も昨夜やられたとか〔※2〕。どこ迄も〱にくい米機である。完全にた〻きのばす日は、何時であろう?…。二残にて帰る。右足、ヒザの所いたむ。清水さん、映画見ぬと云ふ。とう〱連れて行く。岡、山根、良かった〔※3〕。

【豫記】映画「男」〔※3〕

〔※1〕実際は月曜。

〔※2〕七月二十四日付の『朝日新聞』が「宇部、下松を爆撃」と題して以下の記事を伝えている。「土佐湾東南方より侵入せる敵大型二十七目標（數十機）は二十二日二十三時二十二分より二十三日零時五十七分の間、主力は足摺岬東方より、一部は豊後水道を西北進し柳井附近を經て下松、宇部を波状攻撃、一部は関門附近に機雷を投下の後、国東半島經て南方に脱去した」

〔※3〕昭和十八年六月に封切られた東宝映画「男」に出演していた岡譲二と山根寿子のこと。

**七月二十四日・水曜〔※1〕【天氣】晴**

朝より警防、出勤見合せ…。舎庭に待避す。出勤八時、舎を出る。一日中、度々警防入る。午前一回、非常待避あり、通常待避二回あり。呉市にての戦果（九十一機）。仕事、出来ず。二残にて帰る。皆 つかれきって帰る。実際、情ない。B〔※2〕うらんでもうらみ足りない。夜は有難い事には、警戒だけで済み、朝迄良くねむられた。

〔※1〕実際は火曜。

〔※2〕日本への攻撃を行った米軍爆撃機B29やB24などを示していると思われる。

緊急要員募集

一、求人先 山口縣 ○○海軍工廠

二、資格
①經驗有無男女年齡ヲ問ハズ
②戰災者疎開者モ優遇ス
③職種 事務員 工員

三、待遇
①海軍軍屬ニ採用ス
②諸手當、加給、賞與等最大限支給ス
③宿舍及ビ物資部完備ス

四、希望者ハ最寄動員署又ハ工廠ヘ直接志願サレタシ

海軍工廠
宇部國民勤勞動員署

昭和20年7月24日の『朝日新聞』に掲載された光海軍工廠の「緊急要員募集」広告。海軍工廠は軍事機密であり、地図にも記されてなく、場所も伏せられていた。

**七月二十五日・木曜〔※1〕【天氣】晴**

今朝も又警防入る。室積へトランクを疎開させ様と思ひ持って行きしも又持ち帰る。非常待避二回なり、普通が一回…。死んだ方がいゝと思ふのは自分だけではあるまい。祝島附近にて二機落したと聞く。その変わり船をやられたと聞く。山にて筒井さんの豆を貰ひ食べ、ねむる。のんきな待避なり。昨日はお芋に豆也。女工員は、午前引にて退廠。帰りて洗濯をす。清水さんねる。河口さんに便りしたゝむ。

〔※1〕実際は水曜。

### 七月二十六日・金曜〔※1〕【天氣】晴

朝より防護ヘキのかべぬりを手傳ふ。生まれて始めて体験する土踏みも、たやすく身についた。午後は一回だけ。住田さん〔※2〕達が天神山へ車を持って行った為、ぶら〳〵遊んだ。今日は給料日。庶務より一緒に取って来て呉れた。五七円〇〇也。貯金三十五円也。食後、清水さん、鈴木さん〔※3〕と、お宮参りする。久しぶりのお宮さん。疎開工場など、學校などあり。海に出て見、打寄せる波。気持良き事。中本さん見様と思いしが、居ないのか見えなかった。

【發信】西本峰子、松永敏雄〔※4〕

〔※1〕実際は木曜。

〔※2〕住田歌子のこと。

〔※3〕鈴木房江のこと。

〔※4〕実際は【受信】欄に記されているが、矢印で【發信】欄への移動の指示があるので、両者に手紙を出したのだろう。

### 七月二十七日・土曜〔※1〕【天氣】晴

夕べ非常待避あり。十一時より三時頃迄、焼夷弾投下を見る。花火の様にちって落ちる。物すごい、どう思ってもにくい。朝、聞けば徳山だったとか〔※2〕。午前は食堂の移轉、女工員にて行ふ、本部廠舎の下…。主キの食堂、あちらこちらと落ちつかぬ。午後、土ふみ…。帰舎したら、姉〔※3〕より手紙。中を開けば兄〔※4〕召集の文字あり、びっくりする。八月二十五日入営し、あゝ、もう一度会ひたい。

【受信】姉より〔※2〕

〔※1〕実際は金曜。

〔※2〕昭和二十年七月二十八日付の『毎日新聞』（山口版）は「徳山・松山焼夷弾攻撃」と題して、二十六日午後十時三十分ごろに四国最南端から侵入した約四十五機のB29が二群に分かれ、一群は豊後水道を北上して松山に到達、他の一群は大分県北部を東北に進んで山口県の徳山市に到達して焼夷弾攻撃後、十一時二十分頃から二十七日の午前一時四十分頃にかけて退却したと報じている。また、別の約十機のB29が徳島の西部から侵入し、北進して山口付近から反転して徳山市付近に焼夷弾攻撃を行い、二十七日午前零時四十分頃から退却したと報じている。この空襲によって徳山市長の羽仁潔氏（海軍大佐）が市庁舎に向かう途中で爆弾の直撃を受けて殉死した。

〔※3〕岩脇キヌのこと。

〔※4〕岩脇章のこと。

### 七月二十八日・日曜〔※1〕【天氣】晴

朝より警戒、出勤見合せ。二回待避す。退舎迄に七回待避す。空襲に明け、空襲に暮れる今日此の頃。皆 参ってしまひさう。敵、上空に来る。砲のうつ音にびっくりする。基地隊に爆弾落ちる。仕事少しも、しない。帰るのは男工の定時と一緒になる。渡辺さん、今日来らる。聞けば お母さん亡くなられしと、可哀さうである。帰らずに死ぬ迄、光にて働くと云はれる。

〔※1〕実際は土曜。

七月二九日・月曜〔※1〕【天氣】晴

長谷川さん〔※2〕、久保さん〔※3〕休み。今西組の所の防空ヘキに土を塗る。そして下を綺麗に掃除する。後は何もする事無く皆で遊ぶ。午後、空襲になり、渡辺山に待避す。米ちゃん良くねむる。自分は兄の事、家のことばかり考へる。一残で帰り、渡部さんのとこへ遊びに行く。鈴木さんの持って帰った海ほをずきを取って帰る。夜、通常退避、非常待避あり。今夜、お湯無く、皆で水風呂に入る。始めは こわかったけど、終りには上りたくない様になった。とても〳〵気持良。生れて始なり。

〔※1〕実際は日曜。
〔※2〕長谷川政子のこと。
〔※3〕久保美代子のこと。

七月三十日・火曜〔※1〕【天氣】晴

今日も元気に、出勤出来る。今日より本作業にかゝる。タップ立てを少しやる。器具（室）〔※2〕へタップをかへに行き、古いのをくれたので、難波さん、有田さんに頼んでもらっても駄目、仕方無く帰る。あの女の人にはあきれる。腹立たゝしくなる。午後、土運びやり、一残にて帰る。帰り洗濯す。馬、自動車にたまげ、田の中迄、車ごめ飛び込むのを見る。面白いとい、笑って喜ぶ、何と悪い子供だハハ…。

〔※1〕実際は月曜。
〔※2〕（室）を補足。

七月三十一日・水曜〔※1〕【天氣】晴

今日は珍らしく、一回も警防入らず、のんきな一日であった。支持座タップ十台分立てる。一残にて帰る。シミーズを修繕す。送り物を準備する。食事前、清水さんと革ム所に行き、荷物を作り送って頂く。いよ〳〵七月も今日限り、今年も半年は過ぎる。早く休む。いろ〳〵面白い女性の〇〇の話に花が咲く。

【發信】家へ
〔※1〕実際は火曜。

八月

八月一日・木曜〔※1〕【天氣】晴

月、改まる。今日より支持座始める。米ちゃん、ぐれてやらない。池永さんと必死になってやる。六台出来まいと思ったけど、とう〳〵やり遂げ嬉しかった。帰れまいと思ったが一残で帰る。とても〳〵辛かった。昨日から空襲一回もなく、とてもおとなしくのんきだ。お書食は珍らしく赤飯であった。美味しい。茄子の初物、南瓜。夜もかんぴょう、南瓜。六時四十分より天神山へ行く、参る。清水さんと二人也。

〔※1〕実際は水曜。

八月二日・金曜〔※1〕【天氣】晴

夕べも山へ行けど、何もなく、直ぐ帰る。涼しき夜風に吹かれて、帰りて窓を開ければ、折しも三日月、部屋にさし込み、何とも云へぬ、光景であった。朝迄ぐっすりねむる。

午前は支持座、わけも無くついて呉れ、二台仕上る。

午後の一台、支持座高く困る。それでも三時半には、三台仕上る。今日も一残にて帰れる。米ちゃん少し御気悪し。洗濯す。夜は早く休む。一夫様〔※2〕に便りを書く。帰りに田中さんが帰光したのに合ふ。もう来ないかと思って居たのに…。

〔※1〕実際は木曜。

〔※2〕原田一夫のこと。

八月三日・土曜〔※1〕【天氣】曇

夕べより風強い。午後に入り、一段と強くなる。吹き飛ばされてしまひそう、時々時雨来る。池永さん、昨日電報来。五日休みを貰って帰る事になる。支持三台、一残也。

工事班、田中さんも今日より出勤。岸さん、藤本さんも。

今日、思ひがけも無く高山少尉来らる。技術とは思へぬ、どっしりした、いかにも本管の様なタイプ、頼母しい。それに比べると宮ちゃん〔※2〕なんか、ひ弱なものだ。

〔※1〕実際は金曜。

〔※2〕宮本大尉のこと。

八月四日・日曜〔※1〕【天氣】晴

池永さん、今日より休暇。支持座五台也。

午後、一時間、演藝会あり。黒岩さんの〝おたまじやくし〟良かった。山中の熱のある合唱、手に汗して聞いて居た。とても頼母しい。米田さん、藤本さん外泊す。石光さんも帰る、今日は四人なり。長谷川さん、機嫌悪し。明日は休み、嬉しい限り。志本さん、重本さん、今日退舎。大畠へ疎開の為、羨ましい。

〔※1〕実際は土曜。

**八月五日・月曜〔※1〕【天氣】晴**

休日、清水さんと二人。中央洗面所掃除、ボックスの整理、布團干し、疊など消毒水にて拭く。兵隊さんに夜具を干しましたかと声をかけられる。清水さん、お父さん面会に来らる。帰られる時、一緒に出る。海に行き、又、山に行って、お辨当を食べる。トマトを頂く、美味しい。帰り、椿の実をとる。兄に便り書く。筒井さん、骨を折られ入院されしと聞く。食後、清水さん、鈴木さん、重岡さんと菅神社〔※2〕へ参る。小池さん、藤原のミチちゃんと結婚されしと聞く。昔の友はなつかしい。

〔※1〕実際は日曜。
〔※2〕菅原道真を祀っていたので菅神社と呼んだのだろう。冠天満宮のこと。

**八月六日・火曜〔※1〕【天氣】晴**

夕べは又、九時五十分頃より山に待避する。宇部がやられたとか…。広島に出張の川本班長、傷をされたと聞く。椋田組長に帰りに光井門で会ふ、やっぱり傷を受けて居られる。米ちゃん、家を思ふ〔※2〕。今日、工事班の清水さん、結婚にて退廠される。總ムの北山さんも同様。人を見送りるばかりだが、一体自分は何時やめられ様か…。二台やり、一残で帰る。今西さん休まれる。帰りに民家に行き、井戸水の冷たいのを喰まして頂く。美味しく、故里を思ひ出す。米ちゃん、部屋にて話す。黄豆粉〔※3〕を食べながら…。宮本大尉も今、呉に出張中。中本さん、出張より無事帰らる。

【發信】兄上様〔※4〕

〔※1〕実際は月曜。
〔※2〕午前八時十五分三十秒に広島市に原爆が投下された。このため広島出身の米田さんは、家族を心配していたとテルが話していた（橋本紀夫氏談）。
〔※3〕大豆を粉にしたキナコのこと。

岩脇テルが持っていた「広島ノ人　米田サン」と台紙に記された写真（橋本紀夫氏蔵）

八月七日・水曜〔※1〕　【天氣】晴

今日も暑いお天気。七夕バタ祭である。実家に居たら、遊んだり、お墓参りなどするのだがと、友と語る。十時半頃、空襲となり山に行く。良くねむる、帰廠は十二時半。支持座三台、今日は二残也り。夜、空襲、通常待避す。朗らかになる事の出来ない私の心。わからない。あゝ家が恋しい。

〔※1〕実際は火曜。

八月八日・木曜〔※1〕　【天氣】晴

暑く、上天気。大詔奉戴日、主任の話ある。十時半頃、俄に空襲入る。通常待避二回。後、非常待避、途中、敵機上空にあるので、畠の中に伏せる。とても光ってきれいな機体。にくさで一ぱいだった。帰ったのは十二時一五分。米ちゃん、やっぱりぐれる。お父さんが近くの親戚へ来て居られるとか…。一残。住田さんに本も貸て帰る。洗濯す。帰って見るとなつかしい友、マサヨさん〔※2〕から便り、まひ込んで居た、思はず涙ぐむ。十二時より、延期休暇で帰るそう。嬉しい事だらう。あゝ有明〔※3〕へ飛んで行きたい。今日も家からは便り来ず。

〔※1〕実際は水曜。
〔※2〕信田政代のこと。
〔※3〕「有明」は六月十一日の日記にも見える有明寄宿舎のこと。

八月九日・金曜〔※1〕　【天氣】晴

池永さん帰らない。支持座五台付ける。一残にて帰舎す。米ちゃん、五日休暇を貰ひ帰る。村上さん遊びに来らる。十時四十五分より、非常待避あり。十二時半、帰る。幸に敵は来ない。毎日同じ時刻に定ってしまった。清水さん又、も盗まれたと帰る。天神山に行き懐中を。夜は、干ぴう〔※2〕にお豆ふ、煮メ也。十二時〇〇分、ソ聯、宣戦布告す。

〔※1〕実際は木曜。
〔※2〕「かんぴょう」ヵ。

八月十日・土曜〔※1〕　【天氣】晴

米ちゃんも誰も居らず、自分ひとりで おとしく支持座を付ける、三台。午後は遊んだりなど、のんきにする。一残で帰り、池田さん、藤井さん〔※2〕、田中、海野、筒井さんと六人で正門に出て町を歩き、中尾へ行き、おだんごなどあれど、美味しくなく飛んで帰る。後、公用へ行き盛合せ、スープ、のみ物をとる。のみ物は冷たく美味しかった。二杯のむ、満腹也り。夕食、卵の花汁也。

（※1）実際は金曜。
（※2）藤井マキ子のこと。

**八月十一日・日曜（※1）【天氣】晴**

今日、三回警防入る。藤井さん、田中さん、筒井さんのお盆のお墓参りに行く。住田さん休む。支持座二台付ける。徳山高女も、内山さん、いよ〱退廠す。女専（※2）に入る為也。長谷川さん、久保さん外泊。石光さんいよ〱退舎す。今夜は清水さんと二人。お食事三人分、お腹満腹、う（ご）けない（※3）位。池田さん、正午引にて家に帰らる。家からは何とも云って来ない、情なくて仕方が無い。一体内では何をして居るのだらう。

（※1）実際は土曜。
（※2）女子専門学校のこと。
（※3）（ご）を補足。

**八月十二日・月曜（※1）【天氣】晴**

出勤日、今西組休む人多く、淋しかった。今日は、度々警防入る。二回待避す（普通）。海野さん、支持座付けてくれる（二台）。組長さん、朝から少し御機悪し。奥さんの送り出しが悪るかったのかと、海野さん達と笑ふ。植田早苗ちゃんの妹、今西組に入らる。川口さんは川本組へ。朝、なつかしい藏富士のお母ちゃんに合ふ。相変わらず朗らかないゝ人。去年の今頃が想い出されてなつかしい。あゝもう一度、あの時が来ないかナー。お母ちゃんは勝つ迄は帰らぬと云ふ。関心す。自分も見ならはなくてはと…。故郷の便り、友の道江様ー。

（※1）実際は日曜。

**八月十三日・火曜（※1）【天氣】晴**

今日、月曜（※1）、池永さん出勤。支持座二台、計三台にする。池永さん二台也。一残で帰る。藤井さんのお母さん、又、来らる。とう〱十五日付にて、帰らる事になる。藤井さんの喜び方、羡ましい位。私にもお母さん（※2）が今でも生きて下さったらと、つい淋しくほろ〱となる。池田さん、休まる。藤井さんにお萩餅を頂く。相変らず警防度々入る。藤井さんと一緒に帰る。

（※1）実際は月曜。
（※2）岩脇ハル（昭和十四年二月十二日没）のこと。

空襲後の光海軍工廠（光市文化センター蔵）

**八月十四日・水曜（※1）【天氣】晴**

朝より外部作業に出る。十時四十五分非常退避也（※2）。一時十分帰ると。食事整列の号令あり、集まらんとした時、突然敵機上空、直ぐ其の場に伏せた。しかし彈の音を聞いたので、壕の穴に入る。それから爆彈による、空襲を約二時間位うける。その時の気持ちは今持って忘れられない、死を覚悟して皆で最後迄頑張る。幸に生きのびた。これとても神のお助けと深く感謝して居る。今後も元気で務められる様に神かけて祈る。伊藤敏ちゃん、木村義江が藤さん（※3）亡なれしと聞く、直ぐそばだったのに…。宮本大尉も無事。夜、山に行き、朝迄ねる。


（※1）実際は火曜。

（※2）米軍の作戦任務第三二七号により、一一五機のB-29が麻里布鉄道操車場（岩国駅）を攻撃したときの非常退避。攻撃時刻は十一時五十五分—十二時十九分（『米軍資料　日本空襲の全容　マリアナ基地B29部隊』）

（※3）藤井マキ子のこと。

**八月十五日・木曜（※1）【天氣】晴**

朝、山より帰る。水も出ず。皆つかれ切って居る。食堂へお握りのお手傳ひに行く。食後、おそく出勤す。昨日の空襲の後始末をする。待避と間違えて二度もする。皆、神輕がとがって居る（※2）。主キは、中は無事、少しもいたんでいない。次に補キ、調整、あとは全部焼け落ちて居る。水風呂也（※3）。


（※1）実際は水曜。

（※2）「空襲の後始末」についてテルは具体的には書いていないが、遺体の後始末などの壮絶な現場体験から、「神輕がとがって居る」状態になっていたと想像できる（「第3章　橋本紀夫さんに聞く」参照）。

（※3）空襲のため停電断水の状態であったが、非常時に備えて飲料水と防火用水を兼ねて風呂には何時も水が張ってあったという（『回想の譜　光海軍工廠』三八一頁）。

昭和 20 年 8 月 15 日『毎日新聞』号外
記事「聖断下る・大東亜戦争終結」

**八月十六日・金曜〔※1〕【天氣】**

朝、通勤の人来られ 日本が戦争に負けたと聞かされ「そんな事があるものかネ」と一寸云ひあったけれども、やはり本当だった。くやしくて〳〵たまらない。必ず勝つと信じて頑張って来たのに…。皆信じられぬと云った表情、体の力が全部抜けた様。本部前に工廠全員集合し、工廠長より、終戦を聞かされる。いよ〳〵本当だったのか。だが「安心して、安心して」故郷に帰って頑張る様に、訓話がある。

〔※1〕実際は木曜。

㊟ 八月十七日、十八日、十九日の三日間は白紙。
八月二十日、二十一日、二十二日、二十三日、
二十四日、二十五日、二十六日、二十七日の八日間は
頁が切り取られている。

**八月二十八日・水曜〔※1〕【天氣】晴**

二時に起床、それより仕度をして、いよ〳〵なつかしの友、寮ともお別れをする。渡部さん達、わざ〳〵見送ってくれる。途中、荷物が重く、何回となく休んでは、よう〳〵驛〔※2〕に着く、時に四時すぎ也。ホームに出ると直ぐ汽車入り、乗れさうにも無いのに、やっと身だけ乗せる。本当に足の踏み場もありはしない。小郡〔※3〕へ七時すぎ着く。それより九時三十分迄待つ。なつかしい故里に才一歩を踏んだ。皆、元気であった。

【豫記】 終戰にて光工廠より我が家へ帰る。

〔※1〕実際は火曜。
〔※2〕光駅のこと。
〔※3〕現在の新山口駅のこと。

**八月二十九日・木曜〔※1〕　【天氣】晴**

故里でオ一夜を明かす。信田さん来らる。それより西村安ちゃんとこへ行き、役場に挨拶に行く。何も手につかず、ぶら〱する。三時すぎ迄ねる。赤飯を炊く。兄〔※2〕帰る。組合へ行く。

〔※1〕実際は水曜。
〔※2〕岩脇章のこと。

**八月三十日・金曜〔※1〕　【天氣】雨**

朝より大降りである。少し小雨になったので、岩倉へ行く。行ったら誰も居らず、中野で一時〔※2〕話す。叔父さん常会とか…。姉〔※3〕近所に行き、暫らく待ったら帰る。書を済まして帰る。姉を連れて。砂糖の配給、一人三〇〇匁〔※4〕宛。お萩餅を作る。工廠のお萩を思ひ出す。姉〔※3〕留る。夜、仡枝、泣いてねむられぬ。

【發信】長谷川政子、久保美代子、清水次子
〔※1〕実際は木曜。
〔※2〕「一時」で「いっとき」と読む。
〔※3〕上野サキのこと。
〔※4〕一一二五グラム。

**八月三十一日・土曜〔※1〕　【天氣】雨**

今日も雨。朝から、ごろ〱まるで、いも虫か何かの様。宇部ソーダ会社へシホ〔※2〕を取りに行く人、雨にぬれ乍ら、一生県命にて行く。見て居ればおかしい位。姉、晝前に帰る。配給の豆にて、煮豆する。夜、兄〔※3〕とビール飲む、久しぶり、本当に久しぶりだ。

〔※1〕実際は金曜。
〔※2〕塩のこと。
〔※3〕岩脇章のこと。

娘時代の岩脇テル（橋本紀夫氏蔵）

# 九月

●八月二十八日に光海軍工廠から佐山（山口市）の実家に戻ったテルは、九月以降も岩脇家で過ごした。このため日記には同居の「父」、「姉」、「兄」、そして岩倉に嫁いだ「岩倉（の）姉」が登場する。それぞれ岩脇久右エ門、岩脇キヌ、岩脇章、上野サキを指している。

**九月一日・日曜〔※1〕【天氣】曇**

早や九月。自分も帰郷して四日目也。今後、どうして行ったら良いのやら。何だか心細くなる。何か職について生活の安定をはかりたいとも思ふが、家庭が赦して呉れまい？……。今日、下駄の配給あり。大人一、小一、計二足也。ウンカ追いの油、五合宛。何もせず、ぼんやりして居るとつい、いつか工廠の事を考へて居る。やっぱり帰りたいと思った工〇〔※2〕も、帰って見れば、あんないゝ所はない。なつかしくたまらぬ。あの友、この友、皆、何をしているだらう…。

〔※1〕実際は土曜。
〔※2〕「工廠」の「廠」の字を〇で代用ヵ。

**九月二日・月曜〔※1〕【天氣】雨**

お天気かと思へば又雨。実にもうあきてしまった。毎日、平々凡々の生活。兄、冷凍ミカンを持って帰る。工廠で始めて食べた事を思い出す。又、先日は十七個一ぺんに食べ、お腹一ぱいで、ご飯の食べられなかった事も、あんな事はもはや二度とあるまい。渡部さんに貰った、官品の布でハンカチを作りかける。

〔※1〕実際は日曜。

**九月三日・火曜〔※1〕【天氣】雨**

清水さんより端書来る。三十一日に光へ行って来たそうだ。直ぐ返事を書いて置く。やっぱりなつかしく、お会いしたくてならぬ。光の友達、今頃何をしてるだらう。

〔※1〕実際は月曜。

**九月四日・水曜〔※1〕【天氣】雨**

毎日々々の雨に、もう気も心もくさってしまひそうだ。でも大風にならず、良かった。今日、ハンカチ二枚仕上る。清水さんに便り出す。道子さん方にて少し遊んで帰る。くにちゃんのお母さん ねて居られるとの事。くにちゃんも大変だらう。さゝげ豆を煮た汁に砂糖を入れて食べる、美味しい。友の便り来ず。

〔※1〕実際は火曜。

**九月五日・木曜〔※1〕　【天氣】晴**

久しぶりの晴空を見る。ウンカを追ふとて、田に行く。一年半振りに田に入って見た。やっぱりなつかしい。やっと済んだと、あぜに上って見た時、なつかしい、会いたい〳〵と思って居た初子さんが来らる。直ぐ一緒に帰る。まきのす〔※2〕の岡村へ行くけど道がわからぬと云ふので、連れて行く。書過ぎて帰る。一緒に書を済まし休む。二時三十分帰る。又会ふ事を夢見つゝ。奐、配給有り。ます、にしん、肉の料理す。父、美味しいとて、幾等でも食べる。

【受信】久保美代子

〔※1〕実際は水曜。
〔※2〕阿知須町岩倉の「牧ノ巣」のこと。

**九月六日・金曜〔※1〕　【天氣】晴**

朝より岩倉へ行く。佐枝を連れて。石丸の姉、来て居らる。西瓜をご馳走になる、今年二回目也。■■■…〔※2〕…芋粥炊く。

〔※1〕実際は木曜。
〔※2〕朝顔の押し花の跡（赤い花びらが付着）で解読不能。不鮮明な文脈途中に「アメリカ兵を目に見」とあり、進駐軍の存在が伺われる。光地区には英連邦軍（ニュージーランド軍）が駐在し、工廠の第一集会所に起居していたとの証言がある（『回想の譜　光海軍工廠』木村一三「工廠の財産処理の思い出」）。テルが見たのも、このニュージーランド軍兵士だったと思われる。

**九月七日・土曜〔※1〕　【天氣】晴**

姉、岩倉中野へ米つきに行き、十時帰る。佐枝を遊ばせるのに一苦労する。舎生活の様にうまくはゆかない。仏前を掃除す。花立てかへる。洗濯す。朝、豆をいる。長谷川さん〔※2〕よりの便り来ず、やっぱり帰舎前の御立腹がなほらぬと見える。

【豫記】二十八年　人参今日まく　新家、漬物、大根を伺ふ　畠にまかる〔※3〕

〔※1〕実際は金曜。
〔※2〕長谷川政子のこと。
〔※3〕テルは終戦後も【豫記】の空欄をメモ代わりに使っており、ここでは昭和二十八年の当日の記録を書いている。

**九月八日・日曜〔※1〕　【天氣】晴後雨**

兄、肉を貰って帰る。茄子と一緒に炊いて置く。畠の草を少し取る。午後、姉、岩倉へ米を取りに行く。畠をすいて、そばを植え様と思へば夕立来る。干物を入れる。降りやまず。兄、おそく帰る。九時頃也。冷凍ミカン食べる。敷布團といて洗ふ。友の便り来ず。

〔※1〕実際は土曜。

**九月九日・月曜〔※1〕　【天氣】雨後曇**

雨、十一頃にて止む。姉、岩倉へ種物を買ひに行き、十二時過ぎ帰る。兄休む。茄子を炊く。何か仕事をと思へど、何をしていゝかわからなく、たべ、ぢっとして居るのみ。姉、機嫌悪し。私ののんきな性分が姉を不機嫌ならしめた原因也。

〔※1〕実際は日曜。

**九月十日・火曜〔※1〕　【天氣】晴**

四、五日したら来ると云って帰った初子さん。今日もとう〳〵来なかった。シミーズのつくろひをする。山田の父さん、宇部より帰らる。正雄さんと兼坂の久夫さん、車にて連れて帰らる。五時前より、本永、畠をすいて貰ひ、ソバを植える。おそくなる。午後、河田に行き、大豆と小麦の粉をひいて帰る。そして小麦粉をお湯にてかいて食す。美味しい事。公用だんごより、はるかに勝って居る…。

〔※1〕実際は月曜。

**九月十一日・水曜〔※1〕　【天氣】雨**

又も雨降り也。兄上、今日出勤。九時より大豆の虫食ひをよる。畫食後、ねたは良いけど、三時四十分迄、知らずにねむり居る。大ハチ也。それより又、大豆よりわけ。六時二十分迄、作業讀行す。二度目の砂糖の配給あり。六百八十〇匁〔※2〕。午後より雨ひどく降りつゞく。

【豫記】昭和二十八年　味噌つき　今日麦を蒸し、かうじをねせる
五時頃たゝむ　麦三斗二升五合　一番早い　十二時　午後九時　ひろげる〔※3〕

〔※1〕実際は火曜。
〔※2〕「六百八十匁」のことで二五五〇グラム。テルは「十」を「十〇」と書く癖がある。九月十四日の「二時四十〇分」の表記も同じ。
〔※3〕【豫記】に昭和二十八年の当日の記録をメモしている。

**九月十二日・木曜〔※1〕　【天氣】曇**

夜、松永敏雄さん帰郷され、来らる。上等兵にて帰る。見違

へる程、しっかりして居る。こちらが顔負けする。昨日につゞき大豆のよりわける。姉、河田にて小麦粉を又ひく。南瓜を貰ふ。兄、奥をたくさん持って帰る。久しぶりに生奥を食べる。生のびる気がする。蚊帳のつくろいをする。父、岩倉へ行き十一時帰る。竹一叔父さんも広島にて死なれる。骨を受取りに昨日、和一さん、友一さん行かれ、友一さん家に寄られる。時に夜、八時過ギ。

【受信】鈴木房江
【豫記】昭和二十八年　味噌つき
〔※1〕実際は水曜。

九月十三日・金曜〔※1〕【天氣】雨後曇

昨夜中より又、雨降る。朝の内、鈴木さん、池田さんに便り書き出して置く。思ひがけ無く、西村君ちゃんに会ふ。あの人も苦労を切抜けて来、昔とは変った人の様。本当に私はあの人には頭が上らなくなる、あの点においては…。シミーズ、洋服の修ぜんをする。午後より、雨上られども、空はやっぱり降りたそうに曇って居る。四時半頃より姉、岩倉に行く。石臼を取りて帰る。そして私の一番嬉しい味噌を貰って来る。明日の晴天を祈りつゝ。

〔※1〕実際は木曜。

九月十四日・土曜〔※1〕【天氣】晴

父、身体具合悪く起きず。十二時半、初子さん帰宅。中野の金、貰って来る。十七日の法会に行く事を約束する。二時四十〇分で帰る。罐詰めの配給あり、一人三コ宛。美味しい。夜、九時頃、醫者来る。

〔※1〕実際は金曜。

九月十五日・日曜〔※1〕【天氣】晴

年に一度の秋祭りも、時代にそうて何か知ら、はりあいが無く淋しきばかり。叔父様が死なれた故、参る事も出来ず。君ちゃん、峰ちゃん話に来る。くにちゃん方に遊ぶ。四、五人のお参の人を拝んだだけだ。岩倉姉来る、小麦粉を引いて、食べさせる。久しぶりに五目飯を炊く。河田にて酢を貰ふ、茄子の和へ物をし、生のびた様。姉、初子さんの所へ行かせぬと云ふ、腹が立って仕方が無い、何時もの姉の気性、嫌でたまらぬ、だから家に居るのが嫌いなのだ。酒　配給、一家、二合五勺。

〔※1〕実際は土曜。

## 九月十六日・月曜〔※1〕　【天氣】晴後雨

五時半起床、帰郷以来、始めて也。初子さんとの約束を破る事にぬむれぬ一夜を明かし、起きて見れば空は曇り勝ち。あゝこんなお天気なのに、行かして呉れたらいゝのにと、姉がうらめしくてならぬ。初子さんとの約束で、驛に行き、理由を話しお詫びしやうと思ひ、行きかけど、やっぱり会はす顔が無く、後帰りす。心に詫び乍ら…、きっとガッカリし、おこる事だらう。信用の出来ない女と思ふだらう…。午後になり明日行けと云ったげ、今更と思ふと一ぺんに腹が立ち、はねつけてやった。「人の気も知らないで、私の心のやるせなさ」。十時頃より畠を耕きに、来て下さったのは良いけど、晝前より又雨降り出す。雨の中を三人で溝を上げる。びっしょ濡れになる。

〔※1〕実際は日曜。

## 九月十七日・火曜〔※1〕　【天氣】雨

昨日から降りつゞく雨、少しも止まぬ。実際良く降る。姉、村田へ薬取りに行き十一時二十分帰る。帰り余りおそいので心配する。午後、雨と共に風ひどくなる。夜中には、まんじりと出来ぬ程、恐ろしく大風になる〔※2〕。

〔※1〕実際は月曜。
〔※2〕十四時三十五分頃に鹿児島県の枕崎付近に上陸した台風は、二十一時過ぎに山口県平生の西方に上陸。二十二時には岩国西部を時過した（『山口県災異誌』）。九月十九日付の『毎日新聞』は「颱風・猛威を揮ふ」と題し「山口縣下水害」について「十七日夕刻から十八日未明にかけて山口縣下を襲つた暴風雨は降水量二五〇ミリ、最高風速卌メートルを示した」と報じている。十八日午後一時までの死者行方不明者が三十二名、倒壊流出家屋が七十三、流出田が八十八町歩。後に「枕崎台風」と名付けられた。

## 九月十八日・水曜〔※1〕　【天氣】晴

大風雨に一夜を明かし、起きて見れば、外は大変である。瓦も大分落ちて居た。直ぐに掃除を　あらかたして置く。八時より公会堂に常会の当番で兼坂、福島と行く。常会、村長、校長のお話あり。今後、我々国民の生き抜く（行ふべき）途につき、お話ある。帰りて見たら十二時である。久しぶりの公会堂、汚たなき所ではあっても、やっぱりなつかしかった。午後、敷布團を少し縫ふ。なつかしい一夫さんの便り頂く。やっぱり忘れないで居て下さる…。

【受信】原田一夫様
〔※1〕実際は火曜。

九月十九日・木曜〔※1〕　【天氣】晴

朝、一夫さんに便り書き出して置く。又、今日も敷布團を縫ふ。午後、畠にて、大根、蕉〔※2〕、などを植える。五時前終了す。山中の藤村兄さん、石臼を取りに来らる。今夜はお風呂無し日也。一昨日の大風、大島、熊毛郡が中心だったとか。鈴木さん、久保さん達、光、光の友等　何如ならんと心配也。

〔※1〕実際は水曜。
〔※2〕芭蕉菜のこと。

九月二十日・金曜〔※1〕　【天氣】晴

朝から馬鈴薯を植える。兄、手傳ひ大分助かった。十一時前終了す。姉、干諸〔※2〕の太いのを掘って帰ったので、又、午後行き、五、六個掘って来てむして食べる。とても〳〵美味しかった。光の大島の芋を食べた事〔※3〕を思い出す。今日、お彼岸の入也。前の松永君、兵隊より帰る。

〔※1〕実際は木曜。
〔※2〕干イモ用のサツマイモと思われる。
〔※3〕光海軍工廠で周防大島産のイモを食べたことだろう。

九月二十一日・土曜〔※1〕　【天氣】曇後雨

姉、朝七時より組合へ麥つきに行く。佗枝、起きて今日はおとなしく遊ぶ。とても〳〵幸せる。髪を洗ふ。山田へ卵はないか行って見る。午後、雨降り出す。午後、姉、寿司を持って来る。

【豫記】とげあるを知らずにつかんだバラの花
【發信】千江
〔※1〕実際は金曜。

九月二十二日・日曜〔※1〕　【天氣】曇雨

雨。朝、佗枝のチャン〳〵コを仕立てる。松永敏ちゃん話に寄る。今日より広島に出張とか。彼岸故にお萩だんごを作る。美味しい。一升炊き、夜皆食べる。岩倉姉、来る。南瓜、瓜、卵を持ちて…。兼坂の婚礼日、三時すぎ来らる。髙島田にモンペ姿、始めて見る。とても〳〵おかしい。まんが門の様。兄、風呂水汲む。自分焚く。姉帰る。

〔※1〕実際は土曜。

九月二十三日・月曜〔※1〕　【天氣】曇

朝　少し降って居た雨は、何時しか止んで太陽を仰む様になった。姉、味噌こうぢを蒸す。兼坂へ寄ばれ、姉行く。仡枝を連れ。芋掘に行く。秋季皇霊祭〔※2〕故に、墓参す。姉、お土産物。

イセエビ一コ
蓮根（酢）二コ
巻き寿司二コ
臭　〃一コ
餅三コ
臭揚物二コ

今日、畠を見たら大根、頭を上げて居た。

〔※1〕実際は日曜。
〔※2〕九月の秋分の日に天皇家の祖先を崇める祭り。

**九月二十四日・火曜**〔※1〕　**【天氣】晴**

姉、麥つきに行く。仡枝、袖無縫ふ。芋供出の分を掘りに行く。芋一〆、つる、五〇〇匁。藤永に二十六日より会社に出てくれと来らる。貯金引出す。五〇円（内、兼坂祝儀一円）。

〔※1〕実際は月曜。

**九月二十五日、水曜**〔※1〕　**【天氣】晴**

室内の掃除す。姉、薬取りに行く。タンスの中の整理す。敷布團に綿を入れ仕上る。臭配給有り、ハモ、計一円十七銭。仡枝、袖無縫ひ、綿を入れる。ハモの附焼す。下駄洗ふ。花を賣ふ（五十銭）。

〔※1〕実際は火曜。

**九月二十六日・木曜**〔※1〕　**【天氣】晴**

朝食を済ますと直ぐ味噌豆を煮る。生まれて始めて体検する味噌つきである。十時過で済む。兼坂で小菜を貰ったのをべる。美味しい。ワケギの皮をむく。午後、植付す。姉、岩倉へ行く。罐詰を配給取りに行く。河田、菩ちゃん、いよ〳〵帰る。隊長さんが、来宅されて居る。美智子さん、渡辺義ちゃん相変らず面白い。干藷の葉を煮る。何よりも勝る料理也。兄、おそく帰る。雨降りそうだ。一ヶ月前の今日、工廠の最後の日だった。

**【豫記】**（味噌つき）大豆（手で押してつぶれる程度煮る）豆を臼にてつき、次、こうぢ、しほ、豆煮汁加へて良くつきまぜる。

〔※1〕実際は水曜。

**九月二十七日・金曜**〔※1〕　**【天氣】雨**

朝、目を覺まして見れば雨、しきりと降って居る。今日の道ふしんはだめである。仡枝の袖無、衿をつけるだけにする。相変らず仡枝と良くけんくわする。自分の馬鹿にもあきれる。一ヶ月前の今日と同じく、良く雨降る。兼坂勉ちゃん、元気で帰郷す。立派な海軍さんだ。自分もあんな弟がほしくなった。同級の西村幸夫さんが戦死され今日帰らる。

〔※1〕実際は木曜。

**九月二十八日・土曜〔※1〕【天氣】晴**

雨上がる。岩倉の姉、卵を持って来る。仡枝、ヅロース、裁ちて縫上る。光より帰りて一ヶ月經つ。想ひはなつかしく…よみがへる。いも掘りて茹でる。一ぺんに全部たひらげてしまふ。岩倉姉びっくりする。小麦をつく。

〔※1〕実際は金曜。

**九月二十九日・日曜〔※1〕【天氣】晴**

姉、薬を取り。大掃除す。気持ち良し。仡枝の着物洗濯す。仡枝のシミーズを裁ちて仕上る。広島から宇部に行くと云ふ男の人、お茶をよんで上げたら、金五十銭おいて行かれた。河田に行き、本を借りて帰る。今日は良く辛抱した日である。今日、新味噌を食べる。

〔※1〕実際は土曜。

**九月三十日・月曜〔※1〕【天氣】曇**

どんより曇り日和、又雨になりはしないか…。朝より、下の畠を打ちて菜種の種を捲く、十時頃まで。午後、讀書して居ると、田中の文ちゃんが遊びに来る。同窓会に来て行かず、うちに来たのである。そしていろ〱話すうち、光を想ひ、なつしい。そして挺身隊の者、皆集まり、慰労会をやる事に成様と話し合ひ、學校に行き、安ちゃん、初ちゃんと話定めておく（明日と云ふ事に）。それより六ちゃんと信田家へ行く。やっぱりやると云ふ。大分、話帰る。明日を楽しく夢見つゝ。

〔※1〕実際は日曜。

# 十月

【十月　摘要録】

父、お寺　仕事

十月一日・火曜〔※1〕　【天氣】晴

今日は挺身隊員の慰労会とも云う日。朝支度す。
信田さん達、九時頃来、西本和一さん宅へ行く、もう中谷、藤田さん待って居た。それより六人は腕によりをかけて御馳走をこしらへる。料理十二時に丁度間に合ふ、なか〱面白い。(おしるこ)(五目飯)(玉葱茹で)(酢いちかけ)(かんてん流す)(馬鈴薯、干蒻、薯也)。お汁(しいたけ、小菜、玉葱)お芋ふかす。美味しく頂く。レコードを久し振りに聴く。三時頃より、豆を煮、まんぢゅうを作る。お土産に頂いて帰る。五時頃、別れをおしみ乍ら帰宅す。

〔※1〕実際は月曜。

十月二日・水曜〔※1〕　【天氣】晴風あり

朝から配給品あり。洋服地(五尺)と糸也。足袋。
相変らず本をよむ。兄、砂糖を持って帰ったので、おしるこを炊く。今日で三日間、つゞけ しるこを食べる。

〔※1〕実際は火曜。

十月三日・木曜〔※1〕　【天氣】雨

又、雨降り。朝から讀書に一生懸命也。全部讀み上る。面白かった。午後、ミチ子さん宅へ行き、四時過迄遊ぶ。松永の孝さんも来らる。なか〱話せる人。中野東一さん、とう〱かへらぬ旅路につかる。あとに残らるゝ人、気の毒に思ふ。

〔※1〕実際は水曜。

十月四日・金曜〔※1〕　【天氣】雨後晴

相変らず平凡な日を送る。姉のコートをといて腰紐を作る。配給米を受く。パン一個つく。少し、すっぱい。ミチ子ちゃんとこで今日も話す。金永の葬式ある。

〔※1〕実際は木曜。

十月五日・土曜〔※1〕　【天氣】晴

今日は西村勝一さんの葬式。自分は兄と二人行く。くにちゃんも来る。ミチ子さんと三人、仲良くお手傳ひする。朝の内は畠へ菜をまびきに行く。渡辺の司さん、なか〱色…ある、面白い、だが嫌い。五時の葬式。西村の君ちゃんに一寸会う。原田一夫さん帰られしのヿ〔※2〕会ひ話す、幾月ぶりであらうか…。

【受信】池田巴枝
〔※1〕実際は金曜。
〔※2〕「こと」の意味。

十月六日・日曜〔※1〕　【天氣】晴

朝、家をかたづけておき、又、西村へ後始末に行く。公会堂に机など運び、お茶漬けを頂いて帰る。九時過ぎ也。姉、風邪引き起きず。一体皆はどんな身体をしているのだらう。一寸どうかあれば、ねこんでしまふ。それに比べると自分は辛いながら良く頑張って来たものだ。夜、佗枝へをお湯に入らせる。松永にて父、梨を三個頂かる。

〔※1〕実際は土曜。

十月七日・月曜〔※1〕　【天氣】晴後曇

姉、気分悪く起きず。朝、自分でご飯炊く。いろ〳〵家の仕事をし、村田へ薬取りに行く。帰家は十時半也。本永にて土産物頂く。父にエビを差上たら美味しく良かったと云ふ。午後、一寸おやつを作って見る。小麥のヌカにて格別の味がする。一時間位、讀書。「夫の貞操」〔※2〕讀み上る。結婚なんてものはやっぱり人生の墓場の様に思はれる?….。

〔※1〕実際は日曜。

〔※2〕昭和十二年に新潮社から発行された古屋信子の小説『良人（おっと）の貞操』。

十月八日・火曜〔※1〕　【天氣】曇

朝食を炊く。相変らずいろ〳〵と用事に追はれる。姉、大分良い。兄、今日も休み。大麥を組合へ出す。讀書する。コブ、若目の配給あり、㊎一一銭。

〔※1〕実際は月曜。

十月九日・水曜〔※1〕　【天氣】晴

今更云つ（て）〔※2〕も始まらないけど、実に良く降る雨。衿長着の袖をといて、元線袖になほす。十一時前に終了す。と、赤迫の坂田の姉さん、来らる。二ヵ年ぶりに拝見する。相変らずである。松永民ちゃん、遊びに来る。孝さん、奥へ行かれ、松茸を頂く。岩倉へ卵たのみに行く。佗枝を連れて。雨又、ひどく降り出す。

〔※1〕実際は火曜。

〔※2〕（つ）を補足。

十月十日・木曜〔※1〕　【天氣】雨

今日は止むかと思へば、又、しきりとひどく降る。だが姉は雨の中を、卵を持って来て呉れる、九個也。姉との御機嫌悪し、だがやっぱり自分が辛くとも、こらへなくてはならぬのが残念でならぬ。父はそんな事も露知らず…。あゝ世界に唯一人、私を心から可愛がって呉れる人は、何處の空へ…。こんな事が起ると、光がなつしい。精神的の苦労だけでも、もうたくさんだ…。

〔※1〕実際は水曜。

十月十一日・金曜〔※1〕　【天氣】晴

薬を取りに行くのを、さぼってやった。そしたら機嫌悪く行ってしまった。佗枝を守り〔※2〕するのに大困り。何かしてやりたいと思っても、シャクにさわって仕方が無い。道ちゃん、いゝ長着を縫ふ。姉、岩倉へ午後、豆の粉を引きに行く。帰って来たら機嫌なほって居るのでホッとする。今日、兼ねてより心配だった荷物を由良の運送店が持って来て下さった。本当にびっくりした。嬉しさで一ぱいだった。やっぱり神様のお助けがあると思ふと感謝に耐えない。

〔※1〕実際は木曜。

〔※2〕子守のこと。

十月十二日・土曜〔※1〕　【天氣】晴

午後、大根の中耕、みぞ掘りをす。気持ち良し。今夜、生まれて始めの最後か知らねども、見合をさせられた（河田にて）。顔は眞正面からは見ないが…、あまり美男子では無いらしい。今迄幾多の男性とまじはって来たけれど、今夜の様な人は珍しい。あっさりし、なか〳〵面白い方…。だが一度合っただけでは、本当の心はわからない。だから結婚は、むつかしいのだ。唯、運を天にまかせるのみ。何時の日か、幸は我身に来るべきやー。

小郡・原田一郎

〔※1〕実際は金曜。

十月十三日・日曜〔※1〕　【天氣】晴

姉、組合へ米つきに行く。家事の事いろ〳〵とつき無い。午後、芋掘りに行く。ふかす。姉広田へ小麦を持って行く。中野に着物を縫って呉れと持って来らる。兄のズボンを短くして上げる。四時半より岩倉の母、三ヵ年の法要故に、佗枝を連れて仏様に参る。帰りは大分遅くなる。土路石の所にて芳ちゃんに会ひ一緒に帰る。御馳走、とうふ（酢味噌かけ）、菜白味へ、汁（松茸、芋）。

〔※1〕実際は土曜。

**十月十四日・月曜〔※1〕【天氣】晴**

今日は青年団会合の日。九時頃より公会堂に行く。皆で面白く料理をす。お腹、太く困る。料理、まぜめし（あなご、エビ、ゴボウ）、お芋蒸す、タコ（酢の物）、煮メ（ハス、ゴボウ、イモ、コブ）、お汁（トウフ）、おしるこ、あなご（焼物）。道子さんと河村茂ちゃんの軍話聞く。なか〳〵良く話される、面白い。五時頃開散、楽しい一日であった。

〔※1〕実際は日曜。

**十月十五日・■曜〔※1〕【天氣】晴**

朝より、くにちゃん家に行き、中野のモンペを縫ふて頂く。二時頃仕上る。米兵のジープ通る時、罐を落したので、河田のお母さん拾ふ。とても美味しい食料一コ有る。その缶とてもきれい。ちゃんと罐切りまでついて居るのには感心する。やっぱりだと……。夕方、中野へ着物を持って行く。下村さん、山田先生、原田ツーちゃん、珍らしき人に途中出会ふ。佗枝三回転ぶ、ケッサク也。夏物を洗濯す。

【受信】鈴木房江

〔※1〕後半三行分が切り取られ、曜日部分不明。実際は月曜。

**十月十六日・■曜〔※1〕**

布團修繕す。中野東一さんの葬式也。手さげ二ツ虫干す。岩倉にてお芋貰って来しが、美味しくなかったけど、皆食べちゃった。先日より大分日和がつゞく。

〔※1〕前半三行分が切り取られ、曜日部分不明。実際は火曜。

**十月十七日・木曜〔※1〕【天氣】晴**

思い出の紙箱に色紙をはる。橋本さんに作って頂いた物也。おサルコを作る。姉、佗枝を連れて井關の佐藤へ行く。十二時過ぎに帰ると思ったら、坂田に上ノ原の姉さんと来る。フイゴの件にて。上ノ原の姉さん、ともとても久しぶりだ。何年会はないかわからない。なつかしい房江さんの便り頂く。夏物を洗濯す。

【受信】鈴木房江

〔※1〕実際は水曜。

## 十月十八日・金曜〔※1〕　【天氣】雨

四時過起床。支度をし、まだ明けきらぬ内に家へ出て、直に行く。雨とてもひどく、而し、急いで行く。旦〔※2〕ではまだ朝食済んで居なかった。八時過ぎ、旦を出て阿知須驛より、西宇部に向ふ。九時五十五分の電車也。西宇部に着いたのは十一時頃。何年ヶ振りにか、叔父様、美ちゃん、叔母様と会った。雨は止んで居る。夜、いろ〳〵と話合い休む。

【發信】鈴木房江様へ

〔※1〕実際は木曜。
〔※2〕阿知須の日吉神社周辺の地名の「旦」ヵ。

## 十月十九日・土曜〔※1〕　【天氣】曇

七時頃起る。八時朝食、満さんは辨当持って沖ノ山〔※2〕の方へ臭釣りに出かける。本当にいゝ道薬を親子が持って居る。清ちゃんと川のほとりで遊ぶ。とても気持ち良し、大根畠にも行って見る。お晝、おだんごを寄ばれる（大井のご馳走）。澄ちゃん十六才と云ふ。始めて拝見する。帰る筈の所、又一つ留まる事になる。静かで本当にいゝ所、沖の旦〔※3〕、こんな所に良く住んで見たい。

〔※1〕実際は金曜。
〔※2〕宇部の沖ノ山炭鉱を指すなら、「沖ノ山の方」は宇部方面ヵ。
〔※3〕宇部市の「沖ノ旦」。

## 十月二十日・日曜〔※1〕　【天氣】曇

朝起き、食事済ませ、済ぐおいとまする。今日は大根まびき。満さん、相変らず臭つり也。おとなしい子。自分の家にもあんな、男の子がほしくてならぬ。九時三十三分の電車に、丁度間に合ひ、それに乗る。とても満員。十時帰宅。兄と驛で一緒になり帰る。

〔※1〕実際は土曜。

## 十月二十一日・月曜〔※1〕　【天氣】晴

今日は佗枝の誕生日也。姉と新川のチーちゃんを呼びに行く。姉、山中へ松茸取りに行き居らず。誰も連れづに帰る。御馳走。五目飯（車エビ）、煮メ也。芋、豆、天ぷら。中野、着物縫ふ。姉、阿知須に行く。岩倉姉、山中より帰りに寄る、茸貰ふ、山柿と。くにちゃんに天ぷらをご馳走す、美味しいと言ひ食す。

〔※1〕実際は日曜。

十月二十二日・火曜〔※1〕【天氣】曇

朝食前に菜種まびく。門をきれいにす。家の片づけなかく済まぬ。袷〔※2〕一枚上げる。四ツ身〔※3〕に取りかゝる。兼坂、昨日より稲刈りを始めらる。菜種入れを手傳ふ。精神的に辛き事あり。やっぱり光の時の方が少しは楽だと想ふ。

〔※1〕実際は月曜。
〔※2〕袷（あわせ）は、裏地の付いた着物のこと。
〔※3〕子供用の着物のこと。

十月二十三日・水曜〔※1〕【天氣】曇

喜美子様の丸帯にとりかゝる。自分のならば嬉しいのにと、そんな事ばかり思い乍ら、兄と種をかく。驛に行く。姉、村田醫者へ卵を持って行く。西村峰ちゃん、来て話す。帯を仕上げる。

【豫記】

ハンド 金17円 求む 組合にて

〔※1〕実際は火曜。

十月二十四日・木曜〔※1〕【天氣】晴

大掃除す。姉、組合へ米つきに行く、松永民ちゃんと…。役場へ民生課迄行く。敏ちゃんに切符を願んでおいて帰る。河田にておいもを頂く。十一時前、姉帰る。食後、配給米（加飯米）受けに行く、（金五六銭）。一ツ身羽織〔※2〕にかゝる。兄、いもを掘って来たりしを茹でる。父、配給米受けるとて、機嫌悪し。而し、考へれば、受ける事こそ正当也。

〔※1〕実際は水曜。
〔※2〕赤ん坊用の着物。

十月二十五日・金曜〔※1〕【天氣】晴

洗濯す。久しぶりに生花す。いゝ具合に入り、気持ち良し。姉、阿知須へ、小麦粉引きに行く。稲刈には本当に良い日和である。中野、着物全部仕上る。松永へ丸帯差上げる。思ひがけ無く、中谷さん遊びに寄る。びっくりしたと共に本当になつかしかった。

【豫記】

姉に 金155銭〔※2〕

〔※1〕実際は木曜。
〔※2〕一〇〇銭が一円。

十月二十六日・土曜〔※1〕　【天氣】晴

朝起す。兄達〔※2〕二人で山に木を取りに行く。佗枝、良く遊んで呉れるので嬉しい。河田にて柿一個貰ふ。門や、うらなどを掃除す。晝、だんご作り、食べたら美味しく、兄達へご馳走に作る事にする。佗枝の袖無へ、衿をつけ仕上る。

【豫記】

| | | |
|---|---|---|
| 松永にて | 帯縫代 | 金300円〔※3〕 |

〔※1〕実際は金曜。
〔※2〕岩脇章とキヌ夫妻のことヵ。
〔※3〕『山口県政史　下』によれば、衣料品については昭和十七年二月から衣料切符制が敷かれ、敗戦後も生産が困難なために統制団体が取り扱ったとする。また、昭和二十二年十月から新たな衣料品配給規則・衣料切符規則が施行され、同二十五年九月まで存続したらしい。したがってキヌの帯仕立ては闇取引と考えられるが、昭和二十四年刊『営みとしての被服』に昭和二十一年九月十日調べの「主要被服古着価格調べ」表において、中古品の「ヘコ帯」の絹物が一五〇〇円、人絹物が五〇〇円と確認できるので、当時の「帯縫代」としては三〇〇円は妥当かと思われる。

十月二十七日・日曜〔※1〕　【天氣】晴

姉薬取り帰り、又直ぐ麥つきに組合へ行く。十一時半帰宅す。午後、芋つるを取りに行く。札入を作る。早くも晩になる。小路、和田は京城〔※2〕より帰りしと、美智子さんより聞く。なんとあはれなものなりと…。あゝ想ひは佐伯の叔母上様にはせる。

〔※1〕実際は土曜。
〔※2〕日本統治下の朝鮮の首都（現、ソウル）。

十月二十八日・月曜〔※1〕　【天氣】晴

今日も姉達〔※2〕山行き。兄、お餅を持って帰ってくれる。佗枝の守をするのに一苦労する。砂糖の金（九円三十銭）也、仕佛ふ。午後、日あたり良く、朝から立ちづめなので、佗枝と共に、ねころんでホッと一息する。佗枝の着物洗濯する。兄達〔※2〕、六時頃帰る。夜、柿の皮をむく。

〔※1〕実際は日曜。
〔※2〕岩脇章とキヌ夫妻のことヵ。

十月二十九日・火曜〔※1〕　【天氣】曇

朝から生まれて始めて木ビキを行ふ、なか〱辛い。足が神輕痛になりそ■〔※2〕。安くてははやれぬ仕事だ。■■■…。十一時前、止める。■■■…。

〔※1〕実際は月曜。
〔※2〕■部分は、頁が三分の二程度破れた箇所にあり、解読不能。

**十月三十日・水曜〔※1〕【天氣】雨**

■■■…〔※2〕。前松尾へ■■■…。仡枝の着物を少し手傳■■■…。

〔※1〕実際は火曜。
〔※2〕■部分は、頁が三分の二程度破れた箇所にあり、解読不能。

**十月三十一日・木曜〔※1〕【天氣】曇**

姉、上ノ原に行くとて驛に行けど、切符買へず帰る。そして又、阿知須驛へ出る。午後、馬鈴薯の土寄せ行ひ、みぞを上げて置く。岩倉の姉来る、卵を持ちて。保検金、十二円おさむ。身体の調子悪しが、たいした事無し。

〔※1〕実際は水曜。

昭和18年5月の「佐山祇園祭り」の風景。左、岩脇テル。右、西村峰子（橋本紀夫氏蔵）。山口市の佐山地区では佐山西の河内社を「おぎよん様」と呼び、5月に春祭りが行われていた（『佐山　第五号』）

# 十一月

## 十一月一日・金曜〔※1〕【天氣】晴

稲刈如めの日。兼坂には刈終ひ、えっと〔※2〕違った事だ。エキの田を刈りハゼにかける。道突の小町を刈る。随分腰痛く、手痛く辛い。やっぱり百姓の仕事はえらい。兄の御機嫌うるはしからぬ様子。

〔※1〕実際は木曜。
〔※2〕「だいぶ違うこと」の意味。

## 十一月二日・土曜〔※1〕【天氣】晴

初いの子〔※2〕也。稲刈 才二日目。苗代とつゞきの田、半分刈る。向ふ小町を鳥の巣にする。苗代田も同様。姉〔※3〕、臭を買って来たとて父〔※4〕、嬉しい様子。五時前帰宅す。今日は少しは一楽である。明日の天気を祈りつゝ。

〔※1〕実際は金曜。
〔※2〕亥の子。西日本で行われる無病息災や豊穣を祈る行事。
〔※3〕岩脇キヌのこと。
〔※4〕岩脇久右エ門のこと。

## 十一月三日・日曜〔※1〕【天氣】晴

兄と二人で精がいゝ。苗代つゞきの残りを全部刈り、大町を刈る。刈りて後、小束にてねる。堺市北榎町一ノ〔※2〕

【豫記】鈴木　堺
【發信】大阪

〔※1〕実際は土曜。
〔※2〕「堺市…」以下、メモ書きか。【豫記】と【發信】も同じ。

## 十一月四日・月曜〔※1〕【天氣】晴

日曜日。姉と二人、本永〔※2〕うらの九畝町を晝迄に全部刈る。午後、大町を小束にてね、立てる。残るは餅だけ。兼坂、うらの田をこがれる。

〔※1〕実際は日曜。
〔※2〕本永家は、岩脇家の隣家。

## 十一月五日・火曜〔※1〕【天氣】晴

今日、餅田を刈り、刈みてのする。終は、お萩餅を作って祝ふ。お藷を掘る。三四間も人がほって居て気分こわす。縣道の側に豆をうえる。

〔※1〕実際は月曜。

## 十一月六日・木曜〔※1〕【天氣】晴

午後、藷掘りをす。大分いゝのがある。食事中なつかしい。待って居た、鈴木さんのお便り頂く。二時頃より九畝の田に行き稲をよせる。帰り、野菊を折りて帰る。

【受信】鈴木房江
〔※1〕実際は火曜。

**十一月七日・木曜〔※1〕　【天氣】晴**

稲こぎの始めの日也。九畝町を晝迄にこぎ、午後、餅田を小束にてねて、こぐ。三時頃こぎしまふ。九畝町が叺〔※2〕十パイ、餅袈四吥。後、兄としやく〔※3〕をせに行けど、何年振りかにするので、なか〱ならず。六時過、むね上がらずして帰る。

〔※1〕実際は水曜。
〔※2〕叺（かます）は藁を編んだ筵（むしろ）を二つ折にし、両側を縫って袋にしたもの。
〔※3〕竹の支柱を立て、それを囲むように藁を積み重ねたもの。「トシャク」は六月二十四日の日記にも出る。

**十一月八日・金曜〔※1〕　【天氣】晴**

朝モミを干す。九時より藷掘りに行く、午後も同じ。自動車、山田のつゝみのところにて落ちかゝる、人間一人つゝみに落ちる。

【受信】国安フイ子、梅本純代
〔※1〕実際は木曜。

**十一月九日・土曜〔※1〕　【天氣】晴**

餅田の處の田をこぎ、午後、苗代町をこぐ。としやくをする。イリコの配給あり。一人宛十五匁、一円五十銭也。初霜降る。

〔※1〕実際は金曜。

**十一月十日・日曜〔※1〕　【天氣】晴**

朝、餅のモミを干す。十時より藷掘り。岩倉の姉、豆ふを持って来る。夜、菜の白和へをする。午後も藷掘り、後一うねだけ残る。明日の晴天を祈る。

〔※1〕実際は土曜。

**十一月十一日・月曜〔※1〕　【天氣】晴**

大町の稲こぎ。九時頃より行き、三時前、終る。九時迄、藷を俵に入れる。岩倉の姉、来る。徳田省方の奥様、来らる。お嫁入り。

〔※1〕実際は日曜。

**十一月十二日・火曜〔※1〕　【天氣】晴**

モミを干す。九時よりエキの田の稲こぎに行く。今日はこぎ終ひ也。岩倉の姉来る、手傳って呉れる。藷供出、十四貫入を三俵、兼坂七俵。午後、蒿を持ち帰る。二時頃より藷掘りに行く。餅モミ干上る。松尾にて、こんにゃく頂く（二コ）。徳田奥様、礼に廻らる（金五円包んで）。

〔※1〕実際は月曜。

**十一月十三日・水曜〔※1〕【天氣】晴れ**

霧の朝。モミをひ出す。後、としやくをするのを手傳ひに行く。午後は姉と餅田のとらやく。次、久し振りに墓参りをす。墓にて菊を折りて帰る。今年始めて菊を見る。

〔※1〕実際は火曜。

**十一月十四日・木曜〔※1〕【天氣】雨**

九時頃より雨になる。丁度十五日目の雨也。九時迄、チリをたゝく。大町に藁を取りに行く。午後より大分本格的に降り出す。お藷の天ぷらをす。鈴木さんに便り書く。

〔※1〕実際は水曜。

**十一月十五日・金曜〔※1〕【天氣】時雨**

朝、虹が立つ。通子さん方にて久しぶりに話す。田を耕して貰らはれる様に、豆を引き、竹を抜いたりする。岩倉姉来る。お藷を俵に入れる。俵に一表と、かます〔※2〕四吥。チサの苗を河田、藏岡へ差上げる。松永へも。

〔※1〕実際は木曜。
〔※2〕「かます」は十一月七日の日記の「叺（かます）」と同じ。

**十一月十六日・土曜〔※1〕【天氣】時雨**

今日も朝から晴れやらぬ、時雨日和。お藷切りて干す。姉、岩倉に車を取りに行く。豆をこぎ於く。青豆と黒豆を一所にこいだく姉に小言を云はれる。

【受信】鈴木房江

〔※1〕実際は金曜。

**十一月十七日・日曜〔※1〕【天氣】時雨**

姉達〔※2〕、朝から山行き。佐枝を連れて遊ぶ。河田芳ちゃん、大町の田、耕して呉れる。午後、廻り上げ、土をこうねわる。五時頃、山より帰る。今日は早やかった。姉、松茸、白茸など持ち帰る。

〔※1〕実際は土曜。
〔※2〕岩脇章とキヌ夫妻のことヵ

十一月十八日・月曜〔※1〕　【天氣】晴

大町の土わり、十時頃より手傳ふ。午後三時より芳ちゃん、飛行機〔※2〕にてかいて下さる。晩までに七うね、植えるゝなれぬので、ずい分辛い。

〔※1〕実際は日曜。
〔※2〕田畑の砕土や地ならし用の農具「飛行機馬鍬（ひこうきまぐわ）」のこと。飛行機の羽に似たケタに、金属製の刃が固定されている。その羽状のケタに人が乗って重しとなり、馬や牛にひかせて土を砕く。

十一月十九日・火曜〔※1〕　【天氣】晴

大町の麥植え。兄と三人、三時前に終了。後、エキの田の廻り上げ。モミ、乾いたのをなほす。左の肩痛く、ねむれなかった。おまけに父に小言云われる。

〔※1〕実際は月曜。

十一月二十日・水曜〔※1〕　【天氣】晴

モミ干す。八時半より田に土をわりに行く。餅田の手前の田。午後四時前、終了。モミをなほす。今日、久しぶりに田中文治先生に会ふ。今日は良いお天気ではあるし、道突の田には、にぎやかな麥植えであった。

〔※1〕実際は火曜。

十一月二十一日・木曜〔※1〕　【天氣】雨

朝起きどんより曇った空をながめて居たが、間も無く雨降り始める。夕べ仡枝、風邪気分で、姉心配す。が、朝になりそれ程でも無いのに安心する。今日は自分も頭重く身体悪し。朝から兄と布團に入り休む。姉、夕飯の支度しないとて気嫌悪し、なれど何時（も）〔※2〕私がするんだもの。雨の降る日位、して呉れても良かろうに。あゝ母で無いからやっぱり駄目だ。読書（想ひ出の記〔※3〕）なか〳〵面白い。

〔※1〕実際は水曜。
〔※2〕（も）を補足。
〔※3〕徳富蘆花の自伝小説『思出の記』カ。

十一月二十二日・金曜〔※1〕　【天氣】晴

雨上がりの暖かゝお日様を仰む。田には出られず。仡枝のエプロンを作ってやる。四時よりソバを刈りに行く。生まれて始めて体檢する。姉、誕生〔※2〕にて五目飯を作って貰ってくる。とても美味しかった。

〔※1〕実際は木曜。
〔※2〕岩倉の上野サキの誕生日は大正二年十一月二十二日。

十一月二十三日・土曜〔※1〕　【天氣】晴

まだ少しやをいけど田に出る。餅田の廻りを上げ土をわる。午後、飛行機〔※2〕かけて貰いしを、麦を植える三人、二時半済む。モミを入れる、今日で最後也。中野の兄来らる。田に兄を呼びに行く。

〔※1〕実際は金曜。
〔※2〕十一月十八日の日記に見えるのと同じ「飛行機馬鍬（ひこうきまぐわ）」のこと。

十一月二十四日・日曜〔※1〕　【天氣】晴

霜降りぬ。朝早くより、姉と二人、四畝町の麦植えに行く。晝迄にて済む。午後、九畝町の土わり。明日の晴天を祈りつゝ。今日、西村君ちゃん、本永（敏）へ麦植えの手傳いに来て居りしに会ふ。

〔※1〕実際は土曜。

十一月二十五日・月曜〔※1〕　【天氣】晴

九畝町、残りの土をわり、九時頃より植え始める。三時前、済む（三人）。廻の麦植えは今日で済む。大根と人参の生酢を作る。珍しく美味しかった。

〔※1〕実際は日曜。

十一月二十六日・火曜〔※1〕　【天氣】曇

朝から晴れやらぬ日。エキの田の土をわり、溝を掘る。十一時前、済む。午後、本永、畠との草を取り、諸づるを溝に入れる。岩倉姉、父に臭一コ持ち来る。

【豫記】昭和二十一年、驛、慰安会始まる。三十日迄、自分達は二十九日に行く〔※2〕。

〔※1〕実際は月曜。
〔※2〕昭和二十一年の同日のメモとして使用ヵ。

十一月二十七日・水曜〔※1〕　【天氣】晴

朝よ、苗代田の土をわる。午後、溝を掘る（二人）。三時帰る。四時、小路、山本母、葬式にて姉行く。兄、トコロテンを買って来る。美味しく頂く。

〔※1〕実際は火曜。

十一月二十八日・木曜〔※1〕　【天氣】晴

八時過ぎより本永、畠を耕いて貰ふ。お藷、多くさん出る。姉かけ肥をする。三時前、済む。麦まきも、いよ〳〵終り。いろ〳〵の配給（十六円〇〇銭）、一臭五十銭つつむ。

〔※1〕実際は水曜。

**十一月二十九日・金曜〔※1〕【天氣】晴**

姉、麥つきに行く。仡枝、守りす。今日、玉葱植える（エキの田）。畠の草取りなどす。兄上へ金（2円也上げる）。

【受信】鈴木房江

〔※1〕実際は木曜。

**十一月三十日・土曜〔※1〕【天氣】曇**

朝早々に雨降り始めるかと思ひしが、何時の間にか止んでしまふ。岩倉へ麥まきの手傳ひに行く。二町、十一時に済む。新川の兄さんと五人也。代金（二円二十銭頂く）。二時、帰宅す。むしろをたゝく。豆をよる。

〔※1〕実際は金曜。

テルが田中秀夫と結婚後、昭和 24 年に双子の女児が生まれて買った雛人形（白井美代子氏蔵）

十二月

**十二月一日・日曜〔※1〕【天氣】晴**

本年度、最後の月に入る。空しく過ぎ去った今年も、去年の今頃が懐かしい。急に寒さ加はる。岩倉姉、来る。三時頃まで遊んで帰る。ひさしぶりに御安休み也。姉、組合へ麥つやしに行く。一日何もせずぶら〱遊ぶ。

〔※1〕実際は土曜。

**十二月二日・月曜〔※1〕【天氣】晴**

うすら寒い日。晝前、一寸菜種ひく。午後、エキの田の種を植える、二時終る。夕べより、来潮を見る、この上無き嬉しき事也。海野さんに知らせてあげたい。

〔※1〕実際は日曜。

**十二月三日・火曜〔※1〕【天氣】晴**

大霜也。だが日中は暖かゝった。午後、道突に種を植えに行く。三時半に済む。今夜は早く夕食の支度す。夜、慰安映画会あり、久しぶりに行く。「歌ふ狸御殿」〔※2〕であった。いつか光で見た事を思ひ出す。

〔※1〕実際は月曜。
〔※2〕昭和十七年十一月に公開された大映映画。

十二月四日・水曜〔※1〕　【天氣】雨

夕べ、夜中より雨、久しぶりだ。一木一草、皆喜ぶ。兄、自轉車にて出勤。佗枝の羽織縫ふ。昨夜の映画「宮本千賀子」〔※2〕の若君様をしきりと思う。又、「高木広子」〔※3〕の「お黒ちゃんも」。新聞代、八円十銭拂ふ。兄のつゝみ、工事代、八円也貰ふ。姉、石丸よりキャベツの苗を頂き植える。

〔※1〕実際は火曜。
〔※2〕「歌ふ狸御殿」の殿様・狸吉郎を演じた宮城千賀子のことヵ。
〔※3〕「歌ふ狸御殿」の「お黒」役の高山広子のことヵ。

十二月五日・木曜〔※1〕　【天氣】曇

姉、佗枝を連れず阿知須に豆ふを買ひに行く。五個買って帰る。久しぶりにくにちゃん、み（つ）〔※2〕ちゃんと話す。佗枝、衿縫ふ。兄、下駄箱を作りて持ち帰る。なか〱職人也。下駄を入れる。

【受信】国安婦意子
〔※1〕実際は水曜。
〔※2〕（つ）を補足。

十二月六日・金曜〔※1〕　【天氣】曇

姉、藤井忠雄さん宅へ保険金を持って行き、坂田へ寄りて帰る。菊の根を貰って帰る。裁縫す。午後、馬鈴薯を掘り、あとへ麥を植える。配給品・チリ紙三ジョウ〔※2〕。練炭四、豆炭八、石けん二。合計二円二十六銭五厘。

〔※1〕実際は木曜。
〔※2〕紙は一〇〇枚で一帖と数えていたので、「三帖」のことヵ

十二月七日・土曜〔※1〕　【天氣】曇

佗枝、羽織を縫ひ上げる。午後より、あみ物を始める、佗枝の袖無し。風邪引き、のど痛む。が、たいした事無し。

〔※1〕実際は金曜。

十二月八日・日曜〔※1〕　【天氣】曇

朝より晩まで、あきずに佗枝の袖無しをすく（あむ）。風邪引き、とても寒く頭重し。姉、午後より佗枝と共に岩倉に行く。ソバの粉を引きて帰る。ミカンをたのむ。一貫〔※2〕。

〔※1〕実際は土曜。
〔※2〕三・七五kg

**十二月九日・月曜〔※1〕　【天氣】晴**

仡枝、袖無しの仕上げをなす。十一時、お諸を腹一ぱい食す。午後、姉、諸づるを切りて大町の麥にまく。だて帯を作る。

〔※1〕実際は日曜。

**十二月十日・火曜〔※1〕　【天氣】時雨**

朝から何と云ってする事も無く、あれこれといたずらす。トランクコリ〔※2〕の整理す。かつて寄宿にて、休日にボックスの整理などを想ひ出しつゝ。髪を結って見る。久しぶりに喜美ちゃんと話す。彼女、年を取るのが嫌だと云ふ。それは唯一人、彼女のみではあるまい…。

〔※1〕実際は月曜。
〔※2〕トランク行李（こうり）カ。

**十二月十一日・水曜〔※1〕　【天氣】晴**

臼引き日也。朝、岩倉へ、姉に手傳ひをたのみに行く。九時すぎ一緒に帰る。十時頃済むと云ふ兼坂の予定が、一時頃となり、自分の家に始めるのは二時頃也。松永の（と）〔※2〕共に四時頃済む。かつて無き面白き臼引きであった。餅、一表八升。松永、五表三斗。米十二表。

〔※1〕実際は火曜。
〔※2〕（と）を補足。

**十二月十二日・木曜〔※1〕　【天氣】晴**

冷たき朝。姉、阿知須に行き坂田へ廻りて帰る。原田一夫様、いよ〱帰らる。長らく会はぬと云ふので、くにちゃん、寄びに来たので、くにちゃん方迄行き話す。髪を洗ふ。気持ちうよし。内巻きにしてみる。福島未亡人、パーマーかけしと聞く。

〔※1〕実際は水曜。

**十二月十三日・金曜〔※1〕　【天氣】晴**

前の松尾さん、いよ〱今日、宇部に帰らるトラックにて。兄、午後山中へ山を買ひに行く。米の仕末をする。夕方、火事を見つける。岡本の小屋であった。

〔※1〕実際は木曜。

**十二月十四日・土曜〔※1〕　【天氣】晴**

小布をはぎ合せ、座布團を作りかける。待ちに待ちし、工廠よりの退職金来る。午後、局〔※2〕に受けに行けど、金無しと云ふ。何んと情ない局ではあるまいか…。ぶら〳〵と日を過す。本当に勿体無い。

〈※1〉実際は金曜。
〈※2〉佐山郵便局のこと

十二月十五日・日曜〈※1〉【天氣】晴

風あれど暖かい。姉、阿知須へ粉を取りに行く。仡枝を遊ばす。お諸をふかす。姉、電車にて帰る。喜美ちゃんに局へ電話して貰ひ、直ぐ来いとの事にて、十一時頃より退職金取りに行く。始めて持つ大金也〈※2〉。佐山、重村寛ちゃんのお父様、死去されしと聞く。

【發信】七〇〇円

〈※1〉実際は土曜。
〈※2〉【發信】に記された「七〇〇円」が光海軍工廠の退職金。
これについて晩年のテルに橋本紀夫氏が聞いたところ、
「お金の価値が下がって、なんちゅうこったぁないねー」
と答えたという。

十二月十六日・月曜〈※1〉【天氣】曇

大霜、外は雪の如く。兄一人で山行き。仡枝を背おって遊ぶ。河田間をセメントではる。

〈※1〉実際は日曜。

十二月十七日・火曜〈※1〉【天氣】曇

昨夜来、降りつゞいた雨も朝方から上ってしまふ。山に行く予定もくるってしまふ。姉、午前と午後、二回組合へ米つきに行く、兼坂武夫さんと。今日は風ひどく、冷たし。仡枝、良く遊んで呉れる。兄、今日も休み。

〈※1〉実際は月曜。

十二月十八日・水曜〈※1〉【天氣】【寒暖】火〈※1〉

今年始めての寒き日也。北風にまじりて雪降り来る。何もせる気になれず。河田くにちゃん、レコードをかけるから来いとの事にて行く。久しぶりに聞く、浪曲「母」、「母子草」天中軒雲月〈※2〉。美声を聞き、泣く。髙川の旅愁など…。寒き故に、雑炊にてぬくもる。

〈※1〉実際は火曜。【寒暖】欄の「火」は曜日ヵ。
〈※2〉昭和十七年にビクターレコードから発売された二代目・天
中軒雲月の浪花節「母子草」ヵ。

十二月十九日・木曜〈※1〉【天氣】【寒暖】水〈※1〉

大分寒い。日中は割に温かい。衿巻き〈※2〉をあみかける。姉、米つき。岩倉の姉、来る、衿そりにー。お諸ふかし、久しぶりに皆で頂く。父は寒いとて寝る。

〔※1〕実際は水曜。【寒暖】欄の「水」は曜日ヵ。
〔※2〕マフラーのこと。

十二月二十日・金曜〔※1〕　【天氣】　【寒暖】木〔※1〕

今日は暖かき日也。久しぶりに大掃除らしき事す。気持良き也。兄、午前にて帰り、石丸の婚礼に行く。寒むくなく良い。姉、米つき。父、岩倉へ珍らしく行く。西村、自分をお嫁に心配する、と云って来らる〔※2〕。だが結婚は人生の墓場也か。光より帰郷後、オ二回目の縁談也。

【受信】梅本純代

〔※1〕実際は木曜。【寒暖】欄に記されている「木」は曜日ヵ。
〔※2〕近所の西村さんが持ってきた最初の縁談話。二回目の縁談の相手が、後にテルと結婚する田中秀夫。二人は戦時下で知り合っており、兵舎らしき玄関前で二人で撮った写真がテルの手元に残っていた（現在は紛失）。「この横の女性は誰かね」と橋本紀夫氏が晩年の母に尋ねたところ、「うちじゃあね」とテルが答えたという。

十二月二十一日・土曜〔※1〕【天氣】曇【寒暖】金〔※1〕

山に行く予定であったけれど、兄、夕べの辛れ〔※2〕でえらいとて、止める。姉の衿巻きをすき上げる。武田の美ちゃんに会ふ。藏岡にて話す。ジーブーの米人〔※3〕指をさし、何か大声にて云いつゝ行く。酒配給五合（四円二十五銭）五十銭出す。

【發信】梅本美津乃、梅本純代

〔※1〕実際は金曜。【寒暖】欄の「金」は曜日ヵ
〔※2〕「疲れ」の当て字ヵ。
〔※3〕ジープに乗った占領兵のことヵ。

十二月二十二日・日曜〔※1〕【天氣】雨

午前は降り降らずみ、であったが、午後になり本格的に降り出した。午後、くにちゃん小林の姉さんと久しぶりに宇部へ映画見物に行く。昭映館〔※2〕、エノケン、霧立のぼる、入江たか子、髙田みのる等、出演…。面白く、お腹の掃除をする。四時五十三分の電車にて帰る。電車代六〇銭、映画　一円二〇銭

〔※1〕実際は土曜。
〔※2〕正しくは「昭栄館」。『昭和十五年版宇部年鑑』に見える住所は「東区岬通」。『宇部市勢要覧　昭和十三年版』巻末の「宇部市全図」には、見初小学校近くの岬通郵便局に隣接して「昭栄館」が確認できる。

十二月二十三日・月曜〔※1〕【天氣】晴

岩倉姉、体温計借りに来る。幾年振りかにて米をつく。今日は道ちゃん、喜美ちゃん達、映画に行く。足袋の洗濯をす

る。午後はぶら〳〵する。
〔※1〕実際は日曜。

十二月二十四日・火曜〔※1〕【天氣】晴
良いお天気になる。足袋のつくろひをする。相変らず用無き日をしづかに送る。姉に小言を云はれる。藁をうちてやる。父、岩倉へ卵を持ちて行く。叔父への病気見舞也。
〔※1〕実際は月曜。

十二月二十五日・水曜〔※1〕【天氣】晴
青年団、お墓掃除とて自分も久しぶりに行って見る。道子さんと民ちゃんと、新入生の可愛いのばかり、面白くやる。今日は松永の孝さん、誕生とて、餅をつかれ、五つ頂く。又トウフ、ニコも。河田のくにちゃんも縁談進んで居るとか。何時の日に嫁がれるや…。福島にて下駄をわけて頂く。（十四円）
〔※1〕実際は火曜。

十二月二十六日・木曜〔※1〕【天氣】晴
姉、岩倉へ車を持ちて行き、ソバの粉を引いて帰る。午後三時頃、坂井秀一さんの葬式ある（父行く）。折角出した端書〔※2〕、帰って来、大ハヂ（沖ノ旦）。
〔※1〕実際は水曜。
〔※2〕葉書のこと。

十二月二十七日・金曜〔※1〕【天氣】晴後雨
西村勝一、外十二名の合同市葬が国民學校に於いて行はれた。自分も道子さんと出席する。十一時頃済む。前の市葬なんかより、おもむきを異にし、何とも云へぬ感じがある。午後、大根を取りかける。其の始めより俄かに天気変り雨となる。二時半止める。友一叔父様、一寸寄らる。兄は行く山へ…。
〔※1〕実際は木曜。

十二月二十八日・土曜〔※1〕【天氣】小雪
小雪ちらつき寒き日也。姉、餅米洗ふ。兄、午後一寸帰りて又行く。手袋の縫ひをする。コンニャク配給（五個）（一人一個宛）
〔※1〕実際は金曜。

十二月二十九日・日曜〔※1〕【天氣】晴
今日は餅つき二斗三升つく。二年振りの餅つき、一時前、終了。兄、午後帰らる。白菜を漬物にする為、西村へ塩水を貰ひに行き、漬ける。今日も純代さんの便り来ず。ふさちゃん。

〔※1〕実際は土曜。

十二月三十日・月曜〔※1〕【天氣】曇

やっぱり冷たい。友一さん来られ、お諸を上げる。思いがけも無く、光の無二の友、国安さん〔※2〕来らる。二人が顔を合せ、互いに喜びと驚きの声を出す。やっぱり懐かしい、いろ〳〵と語る。生田へ大根を取りに行くとて、帰られる。十時頃より三田尻へ行くと云ふ。午後、大根のあとに麦をまく。松葉をかきあつめる。と、しぐれ降る。松永にてトウフ二個頂く。玉葱苗を上げる。あゝいよ〳〵明日一日で、昭和二十年も終りとなる。思い出せば、数々の変事でも、良く、こゝ迄、こぎつけたものと思ふ。

〔※1〕実際は日曜。
〔※2〕国安婦意子のこと。

十二月三十一日・火曜〔※1〕【天氣】晴

今年最終日、朝より大掃除する。書前に西村に来られ、嘉川に見に来られたと呼びに来られたので、校長先生方迄行く。お母さん〔※2〕来て居られた。いゝお母さんの様。帰って見たら姉〔※3〕、来て居た。チーちゃんを連れて。午後、髪を洗ふ。お花も生ける。明日の新春を迎へるべく用意とゝのふ。夜、河田へ遊びに行く。今年は家で正月が迎へられる。さて、来年は如何なる年であらう。さあ、頑張らなくてはならぬ。

〔※1〕実際は月曜。
〔※2〕田中秀夫の母、田中シモ（昭和二十三年一月二十七日死去）と思われる。秀夫の縁談相手のテルを見に来たらしい。二人の入籍は昭和二十一年二月十四日。
〔※3〕ここでは岩倉に嫁いだ上野サキのことヵ。

昭和 16 年 1 月 10 日に呉海兵団に入団した田中秀夫。写真は 3 月 21 日に撮影。その後、4 月 15 日に海軍三等兵として航空兵宇佐海軍航空隊へ。一式陸上攻撃機の整備兵ながら射手として搭乗。後部で空中戦中、左親指を負傷したが敵機を撃った（橋本紀夫氏蔵）

終戦後の光海軍工廠。右上に光井川の河口があり、開口部の海面にせり出した魚雷（及び回天）揚投場の屋根が見える
（光市文化センター蔵）

# 第3章

# 橋本紀夫さんに聞く

聞き手◉堀　雅昭

## 日記の存在

〈堀〉　お母さん（岩脇テル）の日記の存在を知ったきっかけを少し詳しく教えて戴けますか。

〈橋本〉　コロナ禍の令和二（二〇二〇）年七月ころに、母は大腸癌を知りました。しかし年齢を考慮し、手術は断ったよと話してくれました。九十七歳のときでした。

〈堀〉　もうあまり長くは生きられないと御自覚をされたわけですか。

〈橋本〉　そうでしょうね。そのことがあって、私も仕事の休みの日には実家を訪れていました。一ヶ月ほどが過ぎた八月十五日の午後、終戦記念式典のテレビのニュースを観ていた母が、「もう一日早く終戦を迎えていたら……、多くの人が亡くならずに済んだのに」と言ったのです。はじめは何のことかわかりませんでしたが、それから戦時中のＢ２９などの話を聞くことになりました。

〈堀〉　それまで光海軍工廠のことは、聞かれたことはなかったのですか。

〈橋本〉　全く知りませんでした。母は、つい最近の出来事のように詳しく語りはじめたので、「何か紙に書いてくれんかねぇ」と言うと、布団に座ったまま、電話機が置いてある三段のカラーボックスの上段に手を伸ばして、茶色に日焼けした厚い本のような物を手渡しながら、「こ

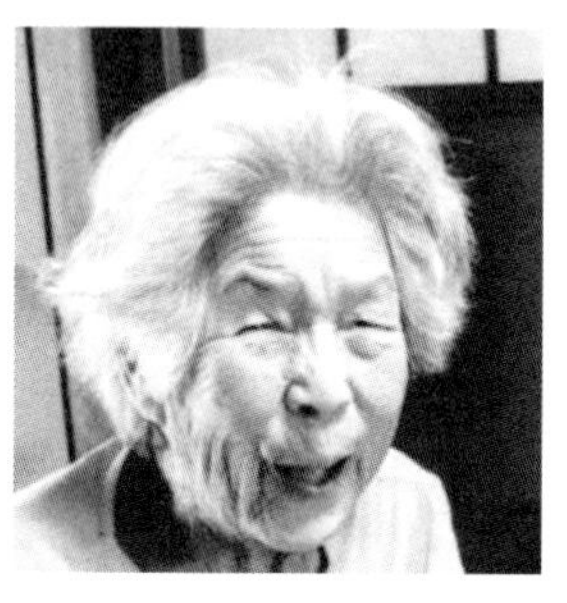

上・晩年の田中テル（旧姓・岩脇）

上・光海軍工廠のマークの入ったピンバッチ（光市文化センター蔵）

右・母を偲び、海軍工廠時代の水道管を確認する橋本紀夫さん（光市水道局・令和６年４月）

れに、「全部書いてある」というのです。

〈堀〉　それが今回の日記でしたか。

## なぞられた文字

〈橋本〉　そうです。亡くなったのが令和三（二〇二一）年三月なので、半年ばかり前のことでした。私は母が戦時中に日記をつけていたことも、軍事工場で働いていたことも、そのときはじめて知りました。鉛筆で書いた文字が消えるのを危惧してか、ボールペンで上からなぞってありました。「いつごろ、なぞったの」と尋ねると、「もう忘れた……」と。かなり前になぞったようです。不思議なことに、ボールペンでなぞられた頁は、八月二十八日に「光」から山口市佐山の実家に帰った日で、ほぼ終わっていました。

〈堀〉　どう考えたらよいのでしょう。

〈橋本〉　戦後になり、貴重な記録となり得る「光」での出来事を後世に残し、子供達や世間に伝えたかったのだろうと思いました。光海軍工廠内での報国青年隊の修了式の集合写真（二十頁上段）や、冠天満宮での第一期青年隊の女子の集合写真（二十一頁上段）などは、そのとき見せてくれました。

〈堀〉　これらの写真は、日記の前年の昭和十九年八月の撮影と思いますが……。

〈橋本〉　日記より前です。母は昭和二十年二月七日以前に、姉キヌの夫（婿養子）の岩脇章から古い日記帳（昭和十五年製）を貰って、日記を書き始めています。日記は一月三十一日から始まっていますが、「想へば去年の今日、大雪の朝、私達は故

光海軍工廠のピンバッチのマークが、光海軍工廠の紋章とわかる資料。同じデザインの印が捺された通門鑑札。裏に有効期限、職業、氏名、年齢と顔写真が貼ってある（金物商　田島宗吉・光市文化センター蔵）

郷を立って、この光へ来たのです」と書いているように、それはあとから振り返って書いた箇所です。母は水雷部の主機工場で働いていました。魚雷を造る仕事だったようです。私は母に、「日記を冊子にして世に出すからね」と約束しました。

〈堀〉　日記の原本は慣れないと読みにくいですね。橋本さんは、そんなお母さんの思い出を残すために、ご自分で日記を翻刻され、一周忌（令和四年三月）に間に合うように手作り冊子を作られました。それが令和三年十二月でしたかね。

〈橋本〉　冊子を出す前でしたが、光海軍工廠の研究をされている郷土史家の秋本元之先生の講演会が光市地域づくり支援センター（体育館）であるので聞きに行きました。会場に中国新聞の山本真帆記者が取材で来ていらして、先ほど申した母の集合写真をお見せしました。その後、取材があり、集合写真や日記帳をお貸ししました。そのことがあり、令和三年八月十二日、十三日、十四日の「空襲の記憶　光海軍工廠　歴史継承へ」という連載で取り上げて戴きました。これに感銘を受け、親族や光海軍工廠関係者向けに、母の日記を冊子にまとめて配布しようと思ったのです。

## 軍歌と職場

〈堀〉　軍事機密に護られた海軍工廠という特別な場所でのリアルタイムの記録ですから、非常に貴重なものです。それが元になって、今回の正確な翻刻出版につながるわけで

水雷本部（光市文化センター蔵）

すが、改めて読み返しますと、色々と新しい発見がありました。例えば昭和二十年二月十九日の日記には、「今日の軍歌　〝増産進軍歌〟」として「朝の明るい並木途　工場へ急ぐ　この胸に　澄んだ日がさす　風が吹く……」という歌詞が書いてありました。そんな歌があったことも初めて知りました。これは昭和十九年六月号の『音楽知識』という雑誌に紹介があり、作曲が古関裕而で、作詞が長田恒雄です。国策歌ですね。

〈橋本〉　日記には、他の軍歌も出てきますね。

〈堀〉　ええ。二月十三日には、「午後の軍歌、宮本中尉の先導。〝兄は征く〟」とか書いてあります。他にも二月は十五日に、「午後の軍歌面白かった」などもあります。二十四日には「食事後、軍歌演習あり」、二十五日には「軍歌の練習ある」などと、職場で頻繁に軍歌を歌っていた様子がわかります。六月四日には、「ソロモン群島のブーゲンビルに　今日も空襲大へん隊　翼の二十粍雄たけび上げりゃ　落ちるグラマンシコるのスキー」という歌詞が……、つまり「航空艦隊の歌」（「搭乗員節」）が綴られていました。

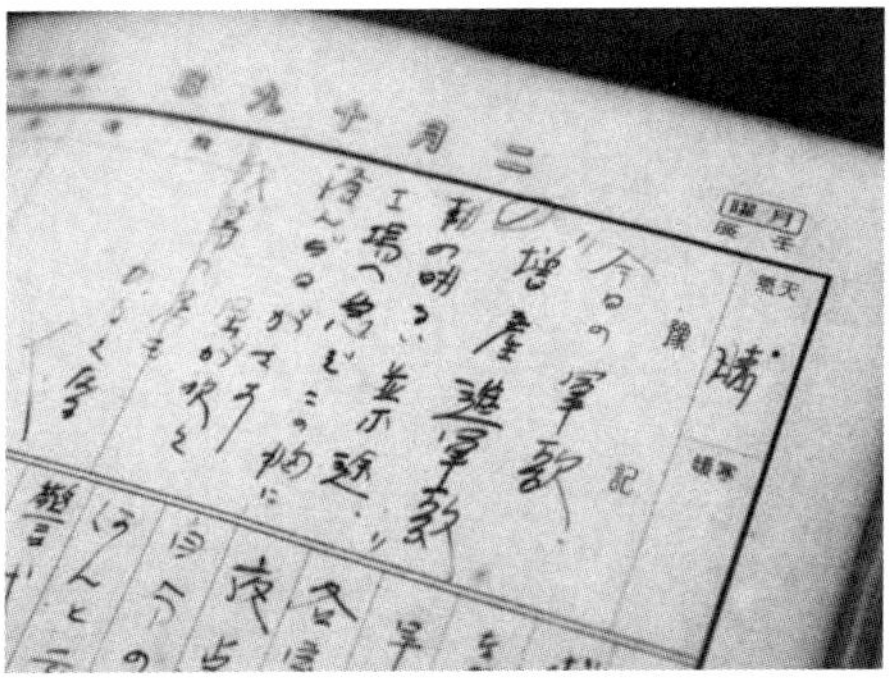

〝増産進軍歌〟の歌詞が書かれた岩脇テルの日記（昭和 20 年 2 月 19 日・橋本の紀夫氏蔵）

〈橋本〉　母は映画も、観ていたようです。

## 映画と慰問公演

〈堀〉　当時は国策映画〈ＭＥＭＯ❶〉ばかりだったとはいえ、かなり楽しそうで、例えば二月十八日の日記には織田作之助原作の松竹映画『還って来た男』を見たと書いてありました。二月二十六日には轟夕起子主演の東宝映画『ハナ子さん』の主題歌「お使いは自転車に乗って」の歌詞も書いてあったので、この映画も観られたのでしょう。三月六日には東宝映画『雷撃隊出動』。三月十五日には松竹映画『水兵さん』。これは近くの双葉（寄宿舎）で上映会があったようです。三月二十三日には『緑の大地』で、四月五日には『明るい街』と『肉弾挺身隊』です。四月十七日は大映映画の『海の虎』で、四月二十六日には同僚から「映画の話し」を聞いて満足されておられます。さらに続いて、五月二十九日には『結婚命令』と、六月十日には『海軍病院船』とニュース映画『日本ニュース』です。七月二十二日には光松竹という映画館へ『新雪』を観に行かれて、七月二十三日には東宝映画の『男』を観ておられます。軍事工場での労働者の娯楽を考えるうえで、こうした記録は興味いものです。

〈橋本〉　二月十六日には、「〝水の江瀧子〟一座の慰問演藝会」と書いているので、劇団も来ていたようですね。

〈堀〉　人気絶頂期の水の江瀧子の演劇なので、インパクトがあったのでしょう。これについては『回想の譜 光海軍工廠』でも、鉄鋼部工務係の河野正三氏が当時の想い出として、「工廠内の特設舞台」での公演だったと回想しています。他にも歌舞伎役者の坂東蓑助（のちの三世・坂東三津五郎）が慰問公演に来ていたようですから、とてもイベントが多い。

〈橋本〉　兵器工場の仕事の息抜きでしょうか。光海軍工廠では、いろんな催しがあったようですね。

〈MEMO❶〉

津村秀夫の『映画政策論』（中央公論社、昭和 18 年）によると、ソビエトでは十数年前から、ナチ・ドイツでは数年前から映画企業が国家統制下に置かれ、国策（国民）映画が作られたとしている。ムッソリーニ政権下のイタリアも同様で、日本では昭和 14 年秋の「映画法」によって国策映画が興隆していた。ナチの文化機関 KdF（歓喜力行団・1933 年 11 月創立）はムッソリーニのドーポラヴォーロ（1925 年 5 月創立）をモデルにしており、いずれも国民に階級差別なく娯楽を提供することを目的とした。日本は昭和 7 年 3 月の満洲建国により、国民社会主義の実践をまずは満洲国で着手した。KdF やドーポラヴォーロと似た文化政策が開花し、昭和 8 年 10 月 4 日付の『読売新聞』は「満鐵の援助で作った軍事映画」と題して、松竹蒲田が満鐵（南満洲鐵道）の支援で軍事映画「前衛装甲列車」を作成したと報じている。昭和 15 年 10 月に開庁した光海軍工廠とその周辺地域でも、同様の国策映画の上映が盛んに行われ、軍事工場の職員の士気向上や精神作興が行れていた。

## 回天工作隊

〈堀〉　仕事の方では、お母さんは水雷部で主に「支持座」をつける作業をされていたようですね。「支持座」という言葉が、日記の最初に見えるのが二月十九日です。そこには、「午後、一台半、支持座をつけた」と書いてあります。翌二月二十日にも、「朝礼迄、三個支持座を付ける」とか、三月二日に、「三台半取りつけた」とか……。それで「支持座」がどんな部品か気になったので、三菱重工長崎造船所史料館に尋ねたら、魚雷の内壁に機械や部品を固定する座金のようなものということがわかりました。この時期は人間魚雷「回天」の量産がはじまっておりました。『回想の譜　光海軍工廠』を見ると、一般的な「回天」と呼ばれている九三式魚雷を改造した一型は呉海軍工廠で造られていたようです。光では一型を大きくした四型を組み立てており、そのために工廠長直属の回天工作隊（約二〇〇名）が昭和十九年十一月に創設されています。つまり四型は彼らが造っていたのです。お母さんは、すでに光で働かれていた時期でしたが、四型の工場は砲熕部砲身工場の一部を区切って極秘で作業が行われたそうなので、直接的にはお母さんは、その作業には携わっておられなかったように思います。

〈橋本〉　何を造っているのか、母たちは知らされてなかったようでした。そういえば、光井川の河口に魚雷（及び回天）揚投場と回天基地整備場があり、そこで回天の訓練がされていたのでしょう。いわゆる回天特別攻撃隊光基地です。

　四月二十二日の日記を読むと、休日出勤日だった母も、場所が近い

光回天基地の魚雷（及び回天）揚投場跡
（光市文化センター蔵・昭和 21 年 1 月 30 日撮影）

ので特攻隊員たちの見送りに行っておりますね。

〈堀〉　伊号３６潜水艦に搭乗して出征された八木悌二さんたち六名の天武隊でした。ただ、訓練用にしろ、実戦用にしろ、そこから積み出されたのは一型のみです。光海軍工廠で製造していた四型は、実戦で使うところまではいかずに終戦になったようです。

〈橋本〉　そうでしたか。

## 八月十四日の空襲

〈堀〉　日記の圧巻は、やはり空襲があった八月十四日の記録でしょう。「朝より外部作業に出る。十時四十五分、非常退避也。一時十分帰ると。食事整列の号令あり、集まらんとした時、突然敵機上空、直ぐ其の場に伏せた」と、時間まで正確に書かれています。

〈橋本〉　ホラ、昭和十八年八月十五日に友人たちと一緒に津和野に行ったときのポートレートがあったでしょう。母の左腕に腕時計がしてある写真です（二十三頁）。その腕時計を光海軍工廠のときも、それから戦後もしばらく身に着けていたと言っておりました。気になったので調べましたら、工藤洋三さんの『写真が語る山口県の空襲』に光海軍工廠への爆弾投下について午後一時十七分から始まったと書いてありました。

〈堀〉　日記には「空襲を約二時間位うける」とも書いてあります。

〈橋本〉　これも『写真が語る山口県の空襲』に、最後の投弾が二時十八分と書いてありました。米軍の公式記録「作戦任務第３２５号」によって攻撃時刻が判明しているのです。いずれにしても腕時計のおかげで

昭和 20 年 4 月 22 日に光基地から伊 36 潜水艦と共に出撃する天武隊（提供・周南市回天記念館）

日記の時刻は正確だとわかりました。母は外部作業から水雷部に帰るとき、食堂の前を歩きながら、「早番の他の部署の方たちは、もうお昼ご飯は食べ終わったのかなぁ」と思いながら、水雷部に戻ったと語っていました。遅番である自分たちの食事整列の号令で、右手で箸を掴んだ瞬間、低空で迫ってくる二機の米軍のB29が目に入ったそうです。そのとき、宮本大尉が「伏せろー」と叫んで、男も女も平らなところに身を伏せたと言っておりました。そのときの恐怖は死ぬまで忘れないと話しておりました。

〈堀〉　その直後に、「弾の音を聞いたので、壕の穴に入る」と日記に書いてあります。「壕」というのは、防空壕のことでしょうか。

〈橋本〉　水雷部の「目と鼻の先」に防空壕があったようです。本来は決められた壕に入るように訓練されていたそうなのですが、とっさに一番近い壕に逃げ込んだと言っておりました。防空壕に入る直前に爆風で吹き飛ばされ、そのとき右腰の辺りに鉄の破片が突き刺さったと、右手でそのあたりを押さえながら話していました。食堂にも爆弾が落ちたようです。宮本大尉の「伏せろー」の声で、近くで伏せていた同僚二人も亡くなったと。「すぐ近くにいたのに……」と、話していました。終戦前日の米軍爆撃機B29による絨毯爆撃で、数分前に食堂に着いていたら、母も同じように亡くなっていたかもしれません。

〈堀〉　国会図書館で公開されている米軍関係の資料として、「Nos. 325 through 330, Hikari Naval Arsenal, Osaka Army Arsenal, Marifu railroad yards, Nippon oil refinery, Kumagaya and Isesaki, 14-15 August 1945.

空襲後の水雷部銅工工場（『光市史』にも同じ写真あり・光市文化センター蔵）

Report No. 2-b(74), USSBS Index; Section 7」（「No. 325 ～ 330、光海軍工廠、大阪陸軍工廠、麻里布操車場、日本石油精製所、熊谷、伊勢崎、1945 年 8 月 14 ～ 15 日。レポート No. 2-b〔74〕、米国戦略爆撃調査団インデックス。セクション7」）があります。ここに攻撃目標としての光海軍工廠の情報が記された英文が載っています〈MEMO❷〉。和訳は、「戦術№.325-光海軍工廠：瀬戸内海の北岸に位置し、徳山の南東10マイルに位置する。この目標は、4ないし5つの重要な海軍工廠の中のひとつで、日本全土で最も重要な10の兵器工廠のひとつである。敷地面積は2870万平方フィート、建屋面積は445万平方フィートで、268の大きな建物と無数の小さな建物がある。目標となる建築物のうち、15・5%が鉄骨および軽金属の建築物である。この兵器工廠は、あらゆる種類の兵器を生産している」となります。

〈橋本〉　この前、一緒に見に行きました武田薬品工業㈱光工場の門前のモニュメント「平和の光」の碑文（十二頁）には、「犠牲者七三八名」と書いてありました。工廠外の犠牲者も他に十名ほどいたようですが……。このときのB29による光海軍工廠への攻撃状況は、『米軍資料　日本空襲の全容　マリアナ基地B29部隊』の「作戦任務第325号」に出ています。出撃した一六七機のうち、空爆したのは一五七機です。投下されたのは五〇〇ポンド（二二

〈MEMO❷〉

b. Importance of Targets:

(1) Mission Number 325 - Hikari Naval Arsenal: Located on the northern shore of the Inland Sea, 10 miles southeast of Tokuyama, this target is one of the enemy's 4 or 5 most important naval arsenals and one of the 10 most important arsenals in all Japan. It has a ground area of 28,700,000 square feet, a roof area of 4,450,000 square feet, 268 large buildings and countless small buildings. Of the target construction, 15.5 per cent is of steel and light material construction. This arsenal produces all types of ordnance.

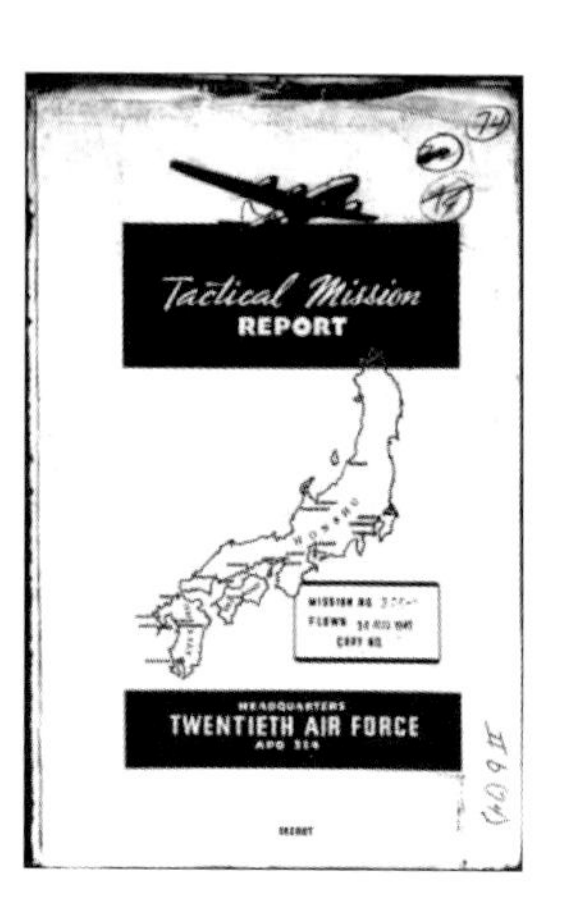


攻撃目標の光海軍工廠について記された「Nos. 325 through 330, Hikari Naval Arsenal……」の表紙「Tachical Mission REPORT」と英文原文

七㌧）爆弾が三五四〇発。重砲による対空砲火で、七機のＢ29に損傷が与えられたとあります。

〈堀〉　お母さんは昭和十九年二月から光海軍工廠に来られていたじゃないですか。実は、昭和五年生まれの私の父は、当時、宇部中学校の生徒でした。宇部中はその年の八月から学徒動員で光に行っており、父もそのひとりでした。もしかするとテルさんともどこかで会っていたかもしれません。ただ、父たちのグループは終戦前に宇部に戻り、光での空襲は、直接は経験してないと生前に話しておりました。

〈橋本〉　『光市史』に学徒動員の犠牲者が一覧になっています。宇部中学の生徒さんは、水雷部と爆弾部にいたようですが、全員無事ですね。三田尻高等女学校の女学生は犠牲が出ています。熊毛高等女学校も多いですね。他は製鋼部と造機部の柳井高等女学校、水雷部と砲熕部の山口中学校、製鋼部と砲熕部の中村高等女学校など、女学校の生徒が多く亡くなっています。

## 死を覚悟

〈堀〉　お母さんは、八月十四日の空襲時に、「死を覚悟して皆で最後迄頑張る。幸に生きのびた。これとても神のお助けと深く感謝して居る」と日記に書いておられました。実は光市の水道局が所蔵していた光海軍工廠の図面（配置図）がありまして、これが光市に移管されて令和五（二〇二三）年十二月に市の文化財になっています。現物は損傷がひどいのですが、光市の教育委員会が復元した図面で確認しますと、この図

焼けた工場と製造中の水雷の一部のように見える
（光市文化センター蔵・昭和21年1月30日撮影）

面が非常に正確なのです。工廠は正門より南側が海に至るまで、四つに区割りされていて、水雷部庁舎は、海側の南から三段目の下（南）辺りでした。正門を北端とすれば工廠敷地の中央あたりになります。水雷部庁舎のあるブロックには西隣に「第二会食場」、北東隣の「第三機械工場」を越えたところに「第一会食場」の二つの食堂が記されています。こうした方形のブロックが敷地内に並んでおり、それぞれに置かれた各種工場ごとに「会食場」、すなわち食堂が多くあったようです。こうした複数ある「会食場」のどこかで、お母さんは食事をされようとした矢先に、B29の爆撃に遭われたということでしょう。

〈橋本〉　近くの別の壕に爆弾が落ちたようで、「助けてやってぇやぁー、〱、〱」と助けを求めてきたそうですが、「こっちだって助けて欲しいのに」と言っていました。「〈助けてやってぇやぁー〉の、あの声が今でも聞こえるよ」と話しながら、母は右手の人差し指を一本立てて、「ヒトリよ、ヒトリしか助かってないのよ……」と、何度も繰り返していました。

〈堀〉　「神のお助け」という言葉も興味深く思いました。三月八日の日記にも「神よ、護り給へ」と。それから三月十四日にも「神よ、どこまでも我身を守り給へ……」、三月二十二日にも「神様、我日本国土をどこ迄も、お護り下さいませ」、三月三十日にも「神様どうぞ、その機会をおあたへ下さいませ」と、何度も「神」が登場しています。終戦後の十月十一日にも「神様のお助けがあ

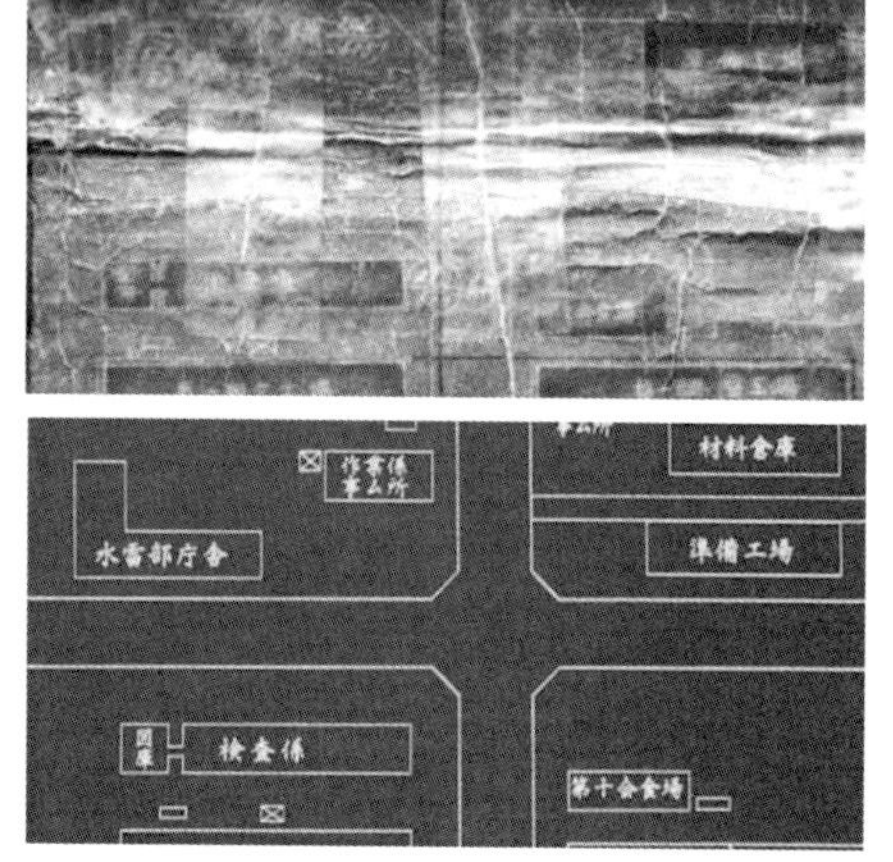


上・光海軍工廠配置図の原図（光市指定有形文化財〔部分〕）。水雷部は左上の建物だが、損傷がひどく輪郭と文字が不明瞭。

下・光市教育委員会が作成した復元図。同じ範囲をトリミングした（いずれも光市教育委員会提供）

ると思ふと感謝に耐えない」と書いておられます。お母さんにとって「神」とは何だったのでしょうか。

〈橋本〉 冠天満宮の「神」のことでしょう。何度も参拝していましたからね。

〈堀〉 この日記のおかげで、橋本さんも、お母さんの第二の故郷としての「光」を知られたのでしょうか。

〈橋本〉 そうです。不思議なことに、私が千葉県から故郷の山口県に転勤で戻り、仕事の関係で、光市の武田薬品工業㈱の敷地内の㈱三興などに度々納品業務で出入りしていた場所が光海軍工廠だったのです。母が戦時中を過ごした場所だったと、あとで水雷部の位置を確認して驚きました。母が「死を覚悟」した地が、まさにそこだったので……。

上・冠天満宮（令和６年４月）

下・光市役所近くの真福寺境内に鎮座する「倶會一處」供養碑。「昭和二十年八月十四日光海軍工廠ニ於テ米機爆撃ノ際戰死セル無縁佛五十六名之碑」と刻まれている。『光市史』によれば56柱は身元不明の犠牲者。光海軍工廠報国団が同年10月1日に建立した（令和６年９月）

## 切り取られた頁

〈堀〉 不思議な縁ってありますよね。ところで私が感じた不思議さは、白紙の頁と、切り取られている頁でした。八月十四日に空爆を受けて、終戦となる十五日と翌日の十六日まで書かれています。ところが十七日、十八日、十九日は白紙です。つづいて二十日から二十七日の頁は、ごっそり切り取られていました。そして二十八日に光から郷里に戻るところから、再び日記が読めるわけです。しかも、先ほども話が出たように、そこからは鉛筆書きのままで、ボールペンで文字がなぞられてないのです。この空白の十一日は、どう考えたらよいのでしょう。

〈橋本〉　耐え難い光景だったので、書けなかったのだと思います。訳を母に聞くと、「戦争が終わってすぐ家（佐山）に帰っていたから」と即答でした。しかしそんなことはないのです。実際は八月十七日から二十七日までの計十一日間も「光」に居ながら、日記は空白となりますからね。友達も多く亡くなっていますし……。特に切り取った一週間分の頁は、書いてはあったものの、悲惨な惨状を残したくないと思い、あとで切り取ったのでしょう。

〈堀〉　翌日の八月十五日の日記には、「朝、山より帰る」と書いておられます。空襲後は近くの山に避難されて、そこで一夜を過ごされたようです。翌日、夜が明けたので光海軍工廠に戻ると、水道管も破壊されて「水も出ず。皆つかれ切って居る」という状況だったわけです。そのあとは、「食堂へお握りのお手傳ひ」と、それから「昨日の空襲の後始末」でした。興味深いのは、それにつづく、「皆、神輕がとがって居る」という言葉です。空襲後の様子は、『回想の譜　光海軍工廠』にもいくつかの証言が見えます。例えば大倉峯生氏（製鋼部鋳造工場）は終戦を知らぬまま「豪内の遺体の処置に追われた」（同書二二一頁）と書いています。今田保氏（水雷部鍛錬工場）は、十四日の夜から倒れた建物の下から「死体の収容」を行い、夜明けには「四十体以上を道路の傍に並べ終

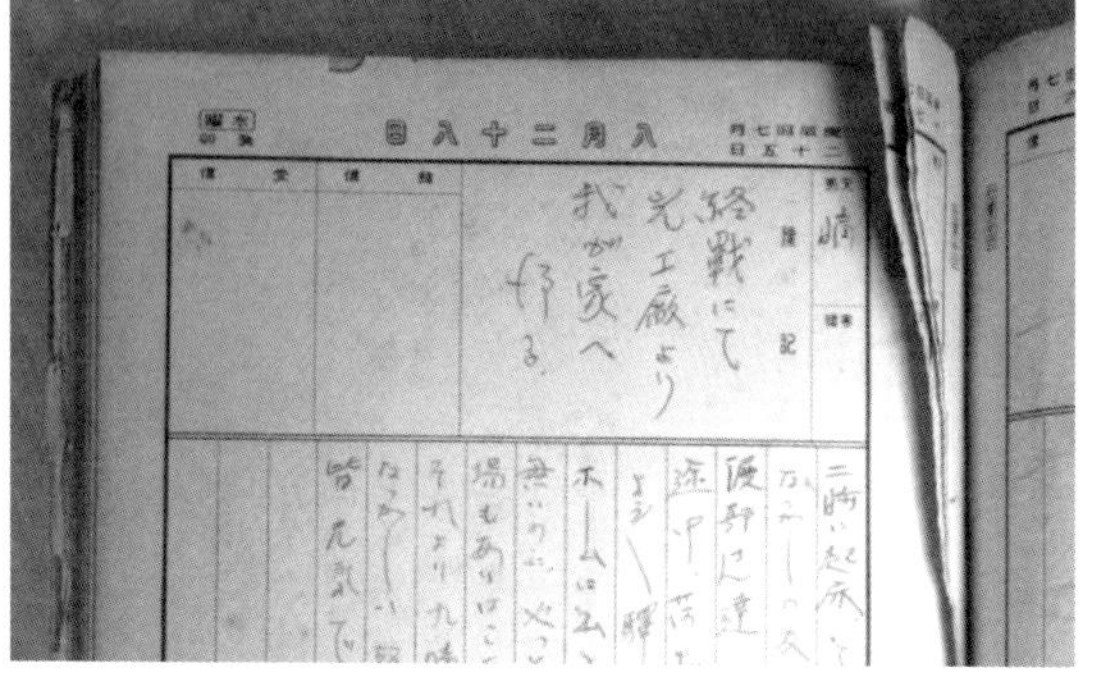

終戦直後の切り取られた日記の頁（橋本紀夫氏蔵）

えた」（同書二七九頁）と述べています。藤兼玲子氏（造機部器具工場）は、「翌、十五日も定刻に出勤し、焼け爛れた工場で、私たちは後片づけ（といっても、それは先ず、死体運搬作業の手伝い）に精を出した」と語っています。遺体は「光会館」に収容されたようです（同書二九〇―九一頁）。生き残ったテルさんたちも、同じような死体処理の作業に従事したと考えられます。

〈橋本〉　私も、同じ印象です。「神輕がとがって居る」理由は、凄惨で見るに堪えない、救い難い光景を目にしたからでしょう。三日間の空白は、そういう精神状態の表れだったように思えます。

## 恋と戦争

〈堀〉　翻刻日記の副題を「岩脇テルの恋と戦争」とさせて戴きました。それは昭和二十年二月七日に「中原正直さん出征を期に」日記を書き始めたと書いてあったからです。同じ水雷部の主機工場で働いていた中原正直さんの顔写真も遺品の中に残っていたわけですよ（十九頁、二十五頁）。「中原さん、いよ〳〵令状を手にされた。男になれて嬉しさうだ。しかし、何だか淋しい気持。とう〳〵別れなければならない。今日ある日を想はないではなかったけど……」と。この文面はまるで恋文です。そして「あゝもう一生逢へないのだ」と続きます。中原さんは、戦死されたのでしょうか。

〈橋本〉　母からは何も聞いてないのでわかりませんが、連絡がなかったので、亡くなられたのではないでしょうか。

〈堀〉　一方で、二月二十三日には、「いつも思って居る一夫さんから便り来て居てとび上がる程嬉しか

壊れたトロッコと空襲後の光海軍工廠
（光市文化センター蔵）

った」とも書いておられます。四月八日には、「工場より帰舎して見たら原田の一夫さんから便り来て居、なつかしく、嬉しさはかくし切れなかった。写真も送って下さるとか、あゝ待ち遠しい」と。原田さんは、同郷の佐山の人のようですが、この頃には、お母さんは原田さんを好きになっていたのではないでしょうか。写真も届いておりましたしね。

〈橋本〉　私も、そう感じましたが、原田さんのことは母から聞いていないので、わからないのです。

〈堀〉　日記の最終日である昭和二十年十二月三十一日に、橋本さんのお父さんになられる田中秀夫さんの母・田中シモさんが、テルさんに会いに来ておられるでしょう。ここでテルさんの「恋と戦争」の時代は終わるわけです。それが日記の終わりでもあるという、偶然でしょうが、とてもドラマチックな顛末の日記ですね。

〈橋本〉　奇遇にも母は父と戦争中に知り合っていましたから、縁談話はトントン拍子に進み、昭和二十一年二月十四日に結婚しました。戦後、父は国鉄職員となり、母は専業主婦として兄と二人の姉、私、そして妹を育ててくれました。母は亡くなる直前まで日記を書き続け、ボール箱で二箱分ぐらい残っています。令和三年一月二十九日に「紀夫来る。光と、いろ〱話す」と書いており、翌三十日で日記を終えています。

島田川の千歳橋から空襲後の光海軍工廠を望む（光市文化センター蔵）

そこに「カンテイ」と書いてあるのは、「完諦」であり、「日記を書くのは今日で諦める」という意味でしょう。母・田中テル（旧姓・岩脇）が九十六歳になった戦後七十四年目の令和元（二〇一九）年八月十四日に書いていた日記は次でした。

昭和20年8月14日

終戦の前日、光海軍工廠に米軍機のB29の光海軍工廠に米軍機じゅうたん爆撃されたが幸ひに生きのびることができた。有りがたいことだった。それでも直ぐには家に帰らず、あと始末する、思い出の日。よく今まで生きられたと思ふ。

（※　下欄に「光は若き日のオニのふるさと」と筆記）

昭和21年にGHQから転用許可が下り、武田薬品工業光工場への払い下げが行われて整備が進んだ。この写真は戦後間もない時期。右下の光井川河口部に焼け残った女工員寄宿舎や食堂、寄宿舎の建物が確認できる（光市文化センター蔵）

# 関係資料群

魚雷（及び回天）揚投場跡（光市文化センター蔵）

光市の航空写真（現在）。右上が室積半島。
沖に浮かぶのが大水無瀬島と小水無瀬島。
その陸側が、かつて海軍工廠のあった一帯
（光市提供・ひかりフォトライブラリー）

# 付録
# 光海軍工廠

## 光市指定有形文化財

光海軍工廠の歴史的資料として、令和五年に七点が光市指定文化財となり、令和六年に海軍水道水道管が一点、追加指定された。ここでは岩脇テルと同時代の関連文化財を紹介する
（いずれも光市文化センター蔵）

㈠「回天一型」頭部
㈡二式魚雷後部
㈢光海軍工廠鉄製銘板
㈣光海軍工廠正門門札
㈤光海軍工廠配置図
㈥海軍水道消火栓蓋
㈦海軍水道止水栓蓋
㈧海軍水道水道管

## ㈠「回天一型」頭部

昭和 19 年 11 月に光海軍工廠内に回天特別攻撃隊光基地が開設され、工廠東端が出撃基地となり、訓練も行われた。この「回天頭部〔炸薬 1600 ㌕〕」は当時配備された人間魚雷「回天一型」（全長 14.5 ㍍）の一部で。昭和 48 年に虹ケ浜海岸から掘り出され、陸上自衛隊梅田市駐屯地（広島県）に搬入され、後に光市に返還された。頭部上部に爆発尖（搭乗員が手動で起爆させる装置）が確認でき、訓練用の注水口や排水口がないことから、実戦用の回天と考えられる。残存部の長さ：222.7 ㌢、フランジ部分外径：99.6 ㌢

## ㈡二式魚雷後部

二式魚雷は九一式航空魚雷を改良した小型魚雷で、魚雷艇に搭載し、沿岸防備の役目を果たした。光海軍工廠では水雷部で昭和 18 年から製造を始めた。構造は 2 つのプロペラと縦舵、横舵で構成されているが、横舵は欠損している。プロペラは前側が右前回り、後側が左回りの二重反転方式だった。戦後、光市沖で漁業者の網にかかり、発見されたものだが、プロペラがロックされていることから、戦後処理により海洋投棄されたものと考えられている。残存部の長さ：95.9 ㌢

㊂　光海軍工廠鉄製銘板

上・昭和 15 年 10 月の開庁時から正門に掲げられていた鉄製の銘板。光海軍工廠にの通用門は西から島田門、正門、光井門の三ヶ所があった。開庁計画時から関わり、初代工廠長の妹尾友之氏より、戦後、光市に寄贈された。縦：59 ㌢、横：19.6 ㌢、厚さ：1.4 ㌢

㊃　光海軍工廠正門門札

下・正門に掲げられていた門札。島田門や光井門にも同様の門札が掲げられていたが、現存するのは正門のものだけである。戦後、工廠跡地に進出した武田薬品工業㈱より、光市に寄贈された。縦：59 ㌢、横：19.6 ㌢、厚さ：1.4 ㌢

## ㊄ 光海軍工廠配置図（部分・青焼き図面）

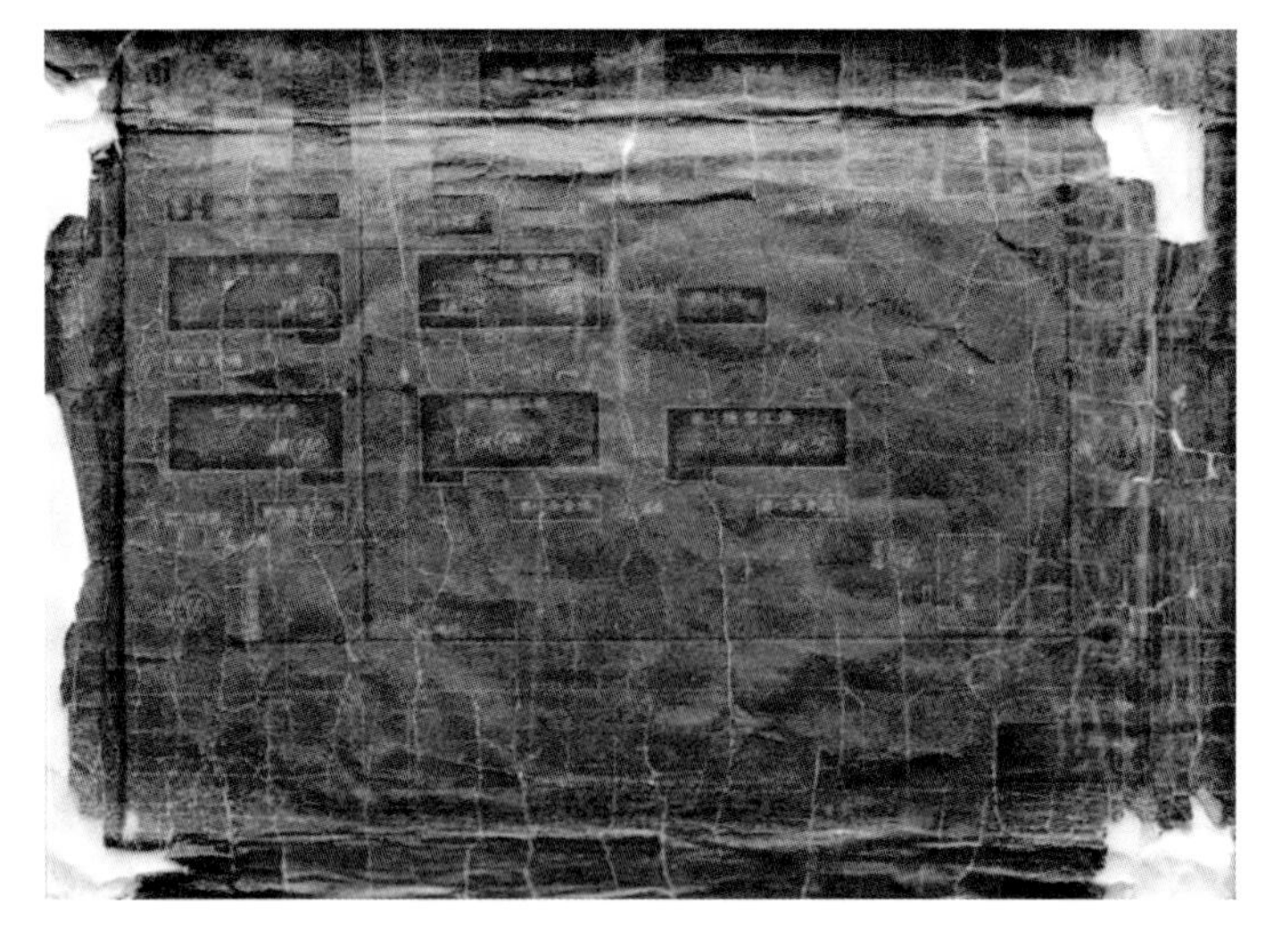

光海軍工廠敷地内に建設された工場群や官舎、清山の水道などが描かれた青焼き配置図の一部（縮尺 1/2000）。全体図の右上に「軍秘密」の公印が捺されており、原図は不明になっているが、光海軍工廠が作成した機密文書と考えられる。全体図の左下地形図に「柳井線」と記入されており、昭和 19 年に山陽本線と改称されていることから、昭和 17－18 年頃に作成されたと考えられる。光市水道局からの寄贈。縦：140.1 センチ、横：135.2 センチ

## ㊅ 海軍水道消火栓蓋

光海軍工廠の海軍水道は、島田川の伏流水を水源とする海軍専用水道として昭和 14 年 4 月に着工され、同 15 年 9 月に竣工、10 月 5 日に通水式が行われた。海軍水道消火栓蓋は、災害時に用いられる消火栓の位置を示す鉄製の蓋である。中央に海軍の⚓マークが配置され、その上に「海軍水道」、下に「消火栓」と凸文字で確認できる。光市水道局からの寄贈。縦：49.9 センチ、横：79.7 センチ、厚さ：2.1 センチ

## ㊆ 海軍水道止水栓蓋

給水管の制水に使用する止水栓の蓋。中央に中央に海軍の⚓マークが配置され、外周に「海軍水道止水栓」の凸文字が確認できる。ヒンジ部は一ヶ所欠損している。光海軍工廠配置図（青焼き図面）などと一緒に光市水道局で保管されてきた。光市の水道事業が海軍水道施設を受け継いで運営されてきたことがわかる歴史的資料。光市水道局からの寄贈。直径：16.9㌢、厚さ：1,1㌢

## ㊇ 海軍水道水道管

海軍水道時代の水道管。受け口周縁に海軍の⚓マークが表示され、㊌㋫「昭和十四年」(久)の記号が凸文字で並んでいる。㊌は水道、㋫は普通圧、「昭和十四年」は製造年、(久)は製造した久保田鉄工を示すものと考えられる。水道管は挿し口と受け口を連結する形式で、１本の長さは約 4m。浄水場から清山の配水池までの距離は約 3・5 ㎞あるので、約 875 本の水道管が使用されたと推察される。光市水道局からの寄贈。長さ：411.2㌢、口径（内径）：45㌢

※　「付録　光海軍工廠関係資料群」の解説文作成では、光市教育委員会の河原剛氏の協力を得た。

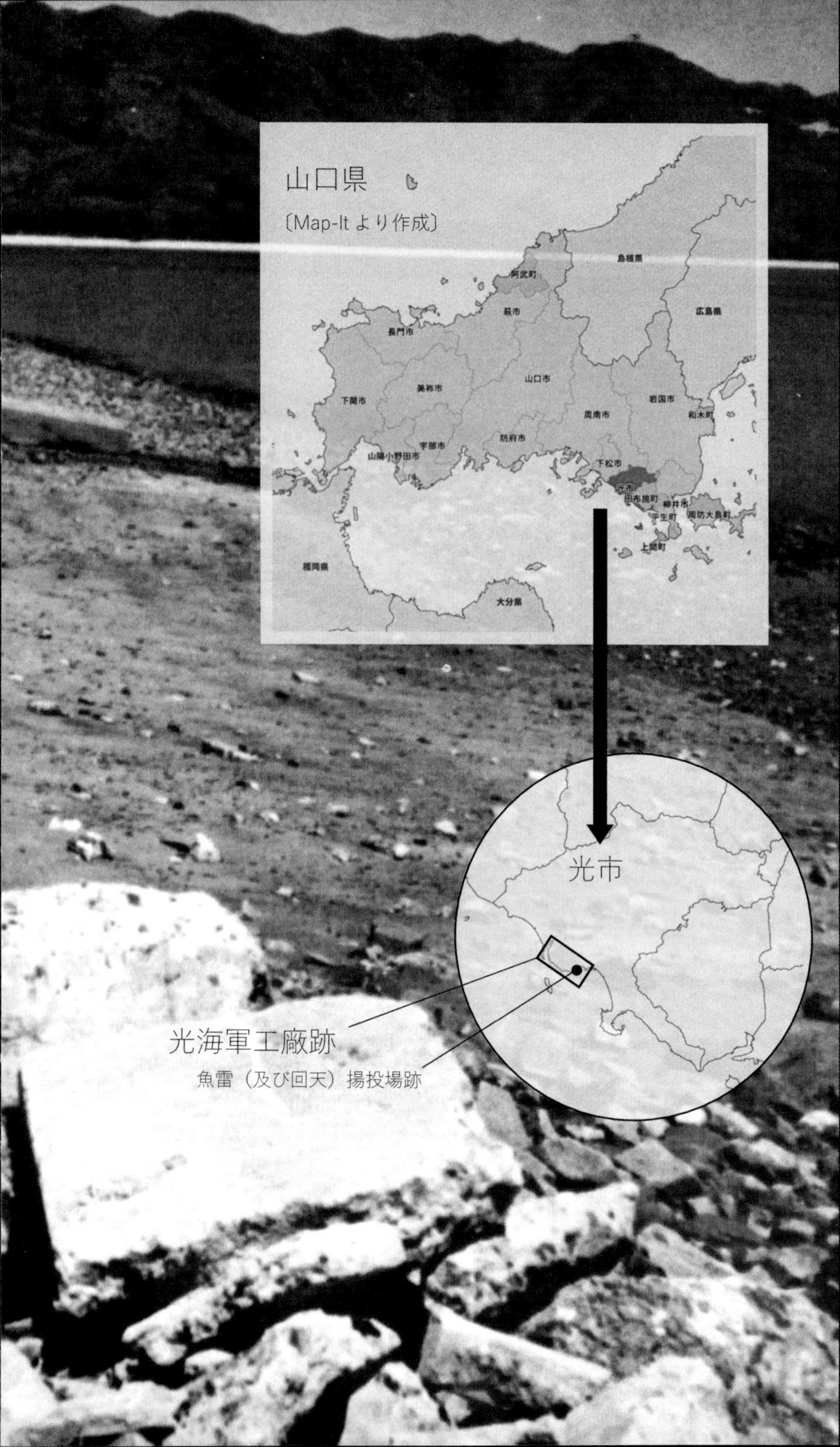

# 〈地図〉山口県光市と光海軍工廠跡

山口県

〔Map-It より作成〕

島根県
阿武町
萩市
広島県
長門市
山口市
美祢市
下関市
岩国市
周南市
和木町
防府市
宇部市
山陽小野田市
下松市
光市
田布施町
柳井市
平生町
周防大島町
上関町
福岡県
大分県

光市

光海軍工廠跡

魚雷（及び回天）揚投場跡

終戦後間もない時期の光海軍工
廠の海岸。遠方に魚雷（及び回
天）揚投場跡が見える
（光市文化センター蔵）

# 略年表

［太字は光海軍工廠と岩脇脇テルに関わる事項　◉は正確な月日が不明な事項］

昭和四（一九二九）年

十月・ニューヨーク株式市場で株価暴落（世界恐慌）

昭和五（一九三〇）年

四月・ロンドン軍縮会議で浜口雄幸内閣が調印

十一月・東京駅で浜口首相が狙撃（暗殺未遂）

昭和六（一九三一）年

四月・軍縮会議の結果、海軍工廠の整理がはじまり、職工八九〇〇人が解雇

九月・満洲事変（景気回復がはじまる）

昭和七（一九三二）年

三月・満洲国建国（全体主義の実験が始まる）

昭和八（一九三三）年

二月・松岡洋右が国際連盟総会で脱退表明（脱退は三月）

昭和九（一九三四）年

十二月・日本がワシントン軍縮条約廃棄を通告

昭和十一（一九三六）年

十月・**妹尾知之が海軍艦本部総務部第一課長となり「A工廠」（後の光海軍工廠）の開庁計画着手**

十二月・軍縮条約が失効

昭和十二（一九三七）年

春・**「A工廠」（後の光海軍工廠）の設置確定**

昭和十三（一九三八）年

◉ **海軍工廠用の土地取得（光海軍工廠の開庁準備）**

昭和十四（一九三九）年

四月・**光井、島田、浅江の三ケ村が合併して周南町になる**

昭和十五（一九四〇）年

十月・**光海軍工廠開庁。妹尾知之が初代工廠長。光町に改称**

昭和十六（一九四一）年

春・**光海軍工廠に「製鋼部」と「水雷部」を設置**

十二月・大東亜（※）（太平洋）戦争勃発

昭和十八（一九四三）年

四月・**光市へ昇格。**宇部紡績会社が海軍省に接収されて呉海軍工廠宇部分工場となる（現在の宇部市立図書館の場所）

八月・**岩脇テルが、友人たちと津和野に旅行する**

昭和十九（一九四四）年

二月・**岩脇テルが、光海軍工廠に入廠**

春・**「報国団本部青年隊集合練成隊」結成**
**（岩脇テルが、第一期本部青年隊集合練成隊員となる）**

四月・阿多田半島（平生町）に「海軍潜水学校平生分校」開設
（昭和二十年八月から「海軍潜水学校柳井分校」に改称）

五月・黒木博司中尉と仁科関夫少尉が提案した「回天」特攻プランを海軍が採用

七月・「〇六金物一型」の名で回天一型の試作艇を完成
この頃から回天搭乗員を募集

八月・**第一期本部青年隊集合練成隊修了式**

九月・大津島（徳山）に回天訓練基地を開設（訓練開始）
黒木博司大尉が訓練中に殉職

十月・神風特攻隊の第一号（レイテ沖海戦）

十一月・回天の初陣「菊水隊」が大津島から出撃
**光海軍工廠長直属の回天工作隊（約二〇〇名）発足**
**回天特別攻撃隊光基地を開設**

十二月・**光海軍工廠で回天「四型」の組立開始**

昭和二十（一九四五）年

二月・**水雷部の主機工場の中原正直が出征**

三月・**回天「四型」の耐水圧テスト用の円筒設備設置**
米軍が沖縄本土に上陸

四月・**特攻隊員（天武隊）が光基地から出撃。**「海軍潜水学校平生分校」（平生町）で回天、蛟龍、海龍の特攻教育開始

五月・**回天「四型」の実用不可判断で、回天工作隊解散**

八月・**十四日に光大空襲（犠牲者七三八名）。十五日、終戦**
**岩脇テルが、光から佐山（山口市）に帰郷**

九月・日本が降伏文書に調印

昭和二十一（一九四六）年

二月・**岩脇テルが、田中秀夫と結婚**

（※）「大東亜」の言葉はタイを除き、米・英・蘭の植民地だった東アジアを解放し、「大東亜新秩序」を目指した戦争であったことに由来する。本書では、可能な限り当時の表記を用いることに努力した。

# 「あとがき」にかえて

編著・堀　雅昭

岩脇テルさんが光海軍工廠時代に書いた日記の存在を『中国新聞』の記事で知り、息子の橋本紀夫さんに連絡を取ったのは令和六（二〇二四）年三月初めであった。

当時、『炭鉱と新民謡』の出版のめどがたち、次のテーマを探していたときだった。

令和七（二〇二五）年が戦後八十年になるので、記念となる出版を考えていたのである。

橋本さんに刊行の可能性をほのめかすと、知人や縁者向けに作った日記の翻刻冊子を送ってくださった。なるほど軍事機密に守られた海軍の工場内や寄宿舎内での出来事が詳述されており、検閲を受けた形跡もなかった。郷土史を超える貴重な戦時記録であることがわかり、このとき完全復刻版を出版することを決めたのである。

ただし手作業で作られた冊子には、現代語への改変や誤植が目についた。そこで正確な翻刻を改めてお願いし、私も日記の全てを写真に撮って照合を行うなど、協同作業を行うことにしたのである。橋本さんの住む山口市阿知須で話し合いを繰り返し、お母さんの語っていたこと聞き出して日記解読の助けとした。その部分は〔※〕の注釈で加筆している。

実は、山口県でも光海軍工廠に関する資料は極めて少ない。

昭和五十九（一九八四）年に初版が刊行された『回想の譜　光海軍工廠』が、ほとんど唯一と言ってよい資料であろう。

このため日記の内容の確認や、テルさんの所蔵していた写真の調査のために、橋本さんと一緒に光を訪れて取材した内容も可能な限り反映させることにした。

実は、私が岩脇テルの日記に興味を持った理由は他にもある。父が宇部中学時代に学徒動員で光海軍工廠で働いていたからだ。日記を読み進めながら、父がどこかでテルさんと会っていたのではないかと感じたのである。

父は光空襲前に宇部に戻ったが、そのころの思い出として「ヒロポンはよく効いた」と話していた。

昭和二十四（一九四九）年十一月三十日の第六回国会参議院予算員会で、厚生省薬務局長の慶松一郎氏が、錠剤の覚醒剤（ヒロポン）を陸軍や海軍の兵隊のみならず、軍需工場や工廠などで働く工員たちにも使わせていたと語っている。したがって光海軍工廠が例外であったとは考えにくい。実際、光回天基地に所属していた特攻隊員・和田稔は昭和十九年十二月六日の日記に「朝ヒロポンをのんだけれど、ちっとも効かなかった」（『わだつみのこえ消えることなく』）と書いている。

とはいえ、父が語ったヒロポンが光時代だったのか、それとも宇部に戻ってからなのか、他界した今となっては確かめようもない。それと同じようにテルさんの日記も、軍事工場で働く庶民の戦時体験記として、公式記録には残らない貴重な資料であったのだ。

本当を言えば、戦後憲法と同じように、大日本帝国憲法下においても、第二章「臣民権利義務」の第二十六条で「信書ノ秘密」は保障され、二十九条で「言論著作印行集会及結社ノ自由」は守られていた。しかし一方で、テルさんが二月十五日の日記に「防諜週間」と書いているように、軍事工場ではスパイ活動禁止策がとられていたのである。こうした特殊な環境下で書かれた日記であったが、出征した中原氏への恋慕の数々や、残業への不満（三月六日）、工廠内での盗難事件（三月七日）、「仕事がたいぎで成らない」（五月七日）などの正直な感情が散りばめられていた。あるいは同僚の結婚退廠を羨む気持ち（五月二十三日）や、出勤途中で「死人」を見たこと（五月三十一日）、組長が不機嫌な話（六月二十七日）なども興味深い。もちろん五月二十九日の「機械の□□」の「疎開」の部分の空白など、軍事秘密の明記は避けてはいた。とはいえ、直後の六月四日と五日には「水道」の文字を充て、島田門を出たところの「隧道工場」（『回想の譜　光海軍工廠』の二九四頁に見えるダンゴ山に造られたトンネル工場）に機械を「下す」作業や「引ぱる」作業など、「機械の疎開」も綴られている。

これら日記の内容の分析には、山口県立図書館の司書の協力も得た。執筆の場としては宇部市立図書館や山陽小野田市立図書館を使わせて戴き、橋本さんの取材場所としては山口市の阿知須図書館や阿知須地域交流センターにもお世話になった。海軍工廠関連の資料を提供して戴いた光市文化センター、文化財の「光海軍工廠配置図」の原本を提供をして戴いた光市教育委員会、関連資料を提供して戴いた周南市教育委員会、そのほか取材に応じてくださった関係者の皆様全てにお礼を申し上げたい。加えて、出版事業の助けを借りた福岡県よろず支援拠点にも感謝する。

こうした多くのご協力により、戦後八十年、そして昭和百年の大きな節目に、戦時下の市井の人たちの足跡を後世に伝える資料を出版できたことをありがたく思っている。

時代を知るよすがとして、本書が何かの役に立てば幸いである。

# 主要参考文献


光市現代20年史編纂委員会『光市現代20年史』光市、平成8年

工藤洋三『写真が語る山口県の空襲』2006年（私家版）

工藤洋三『アメリカが記録した山口県の空襲』2020年（私家版）

堀雅昭『戦争歌が映す近代』葦書房、2001年

奈良本辰也『現代の日本史』法律文化社、1962年

毎日新聞社図書編集部（編）『写真　昭和30年史』毎日新聞社、1955年

外務省外交史料館日本外交史辞典編纂委員会（編）『日本外交史辞典』山川出版社、1992年

『日本及び日本人』（昭和9年10月1日号）政教社

『回想の譜　光海軍工廠』昭和60年、光廠会（再版）

『山口県版　防長経済要覧1987』防長経済新報社

『昭和六十二年版　東商信用録（中国版）』東京商工リサーチ広島支社、昭和62年

小川宣『ああ回天写真集』平成17年（私家版）

建設省編『戦災復興誌　第六巻』都市計画協会、昭和33年

福地周夫『空母翔鶴海戦記』出版協同社、昭和37年

八巻明彦・福田俊二（編）『軍歌と戦時歌謡大全集』新興楽譜出版社、昭和47年

大江可之『全国重症心身障害児施設総覧』新国民出版社、1976年

小山仁示（訳）『米軍資料　日本空襲の全容　マリアナ基地B29部隊』東方出版、1995年

渋谷正勝（編）『山口県災異誌』山口県、昭和28年

山口県文書館（編）『山口県政史　下』山口県、昭和46年

戸野村操『営みとしての被服』世界社、昭和24年

渡邊翁記念文化協会（編）『昭和十五年版宇部年鑑』渡邊翁記念文化協会、昭和15年

「宇部市全図」（『宇部市勢要覧　昭和十三年版』巻末付録）宇部市、昭和13年

津村秀夫『映画政策論』中央公論社、昭和18年

光市史編纂委員会（編）『光市史』光市役所、昭和50年

HIKARI KAIGUN KOSHO NO NIKKI

# 光海軍工廠の日記

## ―岩脇テルの恋と戦争―

監修

橋本紀夫

岩脇テル次男

編著

堀　雅昭

作家／編集プロデューサー

1952（昭和27）年　山口市嘉川生まれ
1970年　㈱三興グループに入社
2022年　『消えゆく〈死を覚悟〉の光海軍工廠』（私家版）出版
2023年　三興マテリアルサプライ㈱定年退職

※　ウエブ上で「橋本紀夫」、または「光空襲」で検索すると中国新聞デジタルの関連記事、またNHK山口NEWS WEB「シリーズ戦跡③　光海軍工しょうで働いていた女性の日記」（文面と動画）が見れます（本書出版時点での情報）

1962（昭和37）年　宇部市生まれ
大学卒業後、製薬会社研究所勤務を経て作家となる。著書に『戦争歌が映す近代』（葦書房）。『杉山茂丸伝』／『ハワイに渡った海賊たち』／『中原中也と維新の影』／『井上馨』／『靖国の源流』／『靖国誕生』／『鮎川義介』／『関門の近代』／『寺内正毅と近代陸軍』／『村野藤吾と俵田明』（以上、弦書房）
令和4年8月にUBE出版を設立。活字文化の〈地産地消〉運動をスローガンに地方開拓を目的とする出版事業を開始。UBE出版では『宇部と俵田三代』／『エヴァンゲリオンの聖地と3人の表現者』／『椿の杜◉物語』／『日本遺産　二つの港物語』／『炭鉱と新民謡』（共著）などを出版

2025年3月3日　第1版第1刷発行
編著　堀　雅昭　　監修　橋本紀夫

発行所　UBE出版
〒755-0802　山口県宇部市北条1丁目5-20
TEL　090-8067-9676
印刷・製本　UBE出版印刷部

ISBN978-4-910845-07-4　C0023

UBE PUBLISHING